# 채널마스터
## CHANNEL MASTER

# 채널마스터 6
## CHANNEL MASTER 6

한태민 현대 판타지 장편소설

초판 1쇄 찍은 날 | 2018년 5월 16일
초판 1쇄 펴낸 날 | 2018년 5월 23일

지은이 | 한태민
펴낸이 | 예경원

기획 | 위시북스
편집책임 | 이규재
편집 | 이즈플러스

펴낸곳 | 예원북스
등록번호 | 제396-2012-000132호
등록일자 | 2012. 7. 25
KFN | 제1-261호

주소 | 경기도 고양시 일산동구 호수로 646-24 위너스21 II 빌딩 206A호 (우)10401
전화 | 031-819-9431 팩스 | 031-817-9432
E-mail | yewonbooks@naver.com

ⓒ한태민, 2018

ISBN 979-11-6098-945-8 04810
      979-11-6098-760-7 (set)

# 채널 마스터

## CHANNEL MASTER

WISHBOOKS MODERN FANTASY STORY

한태민 현대 판타지 장편소설

Wish
Books

# 채널마스터
## CHANNEL MASTER

## CONTENTS

# CHAPTER
# 1

　권지연은 소속사 허락을 받고 롬복으로 온 것임에도 불구하고 질책을 들어야 했다.

　그건 지연이 한수에게 내건 조건 때문이었다.

　처음에만 해도 소속사에서는 지연이 내건 조건을 절대 받아들이지 않으려 했다.

　무조건 수용할 수 없다는 게 그들의 태도였다. 하지만 지연도 강경하게 나섰다.

　지연의 입장은 분명했다. 한수가 없으면 이번 앨범은 완성할 수 없다고 지연은 생각했다.

　그렇게 해서 지연은 끝내 소속사를 설득하는 데 성공했고 이제는 한수가 자신의 믿음에 보답을 해줘야 했다.

롬복에서 불렀던 故 장민석의 「먼지가 되어」.

그 정도만 불러줘도 여기 있는 사람들을 단숨에 자신의 포로로 만들어 버릴 게 분명했다.


한편 녹음실에 들어온 한수도 바깥 공기를 읽고 있었다.

대부분 자신에게 반감을 드러내고 있었다. 물론 대놓고 드러내는 사람은 많지 않았지만, 그들 시선이 결코 호의적이지 않다는 건 둔한 사람이라도 느꼈을 것이다.

그 순간 반주가 깔렸고 한수가 혼자 노래를 시작했다.


*All we need is forever love tonight.*


이 노래는 권지연이 작사, 작곡한 「사랑을 믿어요」였다.

발라드가 점점 주춤하고 있는 요즘 시장에는 어울리지 않았지만, 감수성 풍부한 발라드 한두 곡 정도는 음반에 필수였다.

그렇게 한수가 첫 음을 냈을 때 권지연은 눈을 감았다.

원래 첫 부분은 함께 불러야 하지만 이 자리는 한수의 가창력, 그리고 그의 가사 전달력을 사람들에게 보여 주려는 목적에서 만들어진 것이었다. 그런 만큼 한수의 목소리만 온전히 듣고 싶었다.

지연이 눈을 감은 채 한수의 목소리에 빠져들고 있을 때 녹음실 밖에 있는 사람들은 한수를 보며 입술을 깨물었다.

여기 모인 사람 대부분이 엘레인 엔터테인먼트에 소속되어 있는 아티스트들이다.

그렇다 보니 첫 소절만 듣고도 한수의 실력이 어느 정도인지 가늠할 수 있었다. 두 소절, 세 소절 넘어갈 때마다 확신을 가질 수 있었고 몇몇을 빼면 금세 발길을 돌렸다.

도저히 뛰어넘을 수 없는 격차를 느끼고 먼저 발을 빼버린 셈이다.

반면에 아직 남아 있는 건 여전히 어느 정도 가능성이 있다고 여기고 있는 사람들이었다.

'생각보다 별거 없는데?'

'이 정도면 내가 더 낫겠어.'

그들은 그래도 걱정했던 것보다는 한수 실력이 대단치 않다고 생각하며 스스로 자신감을 북돋우고 있었다.

실제로 몇몇 보컬 트레이너들도 그렇게 생각 중이었다.

'이거밖에 안 되는 거였어? 그럼 성호가 듀엣으로 부르는 게 더 낫지.'

'지연이가 잘못 들은 게 분명하다니까.'

그렇게 한수가 1절을 마무리 지었을 때였다.

눈을 감은 채 한수 노래를 음미하던 권지연이 눈매를 좁히며 물었다.

"무슨 의도에요?"

"예? 뭐가요?"

"그때 룸복에서 불렀던 것처럼 왜 안 불러요?"

한수가 지연을 쳐다보며 입을 열었다.

"이거 듀엣 아니에요?"

"맞아요, 듀엣."

"그래서 목 푸는 정도로 불렀던 거예요."

"예?"

덩달아 기겁한 건 부스 밖에 있는 사람들이었다.

그들은 태연한 얼굴로 말하는 한수를 보며 어처구니없다는 표정을 지었다.

'뭐? 저게 목 푸는 정도였다고?'

'어디서 허풍이야. 허풍은. 모창밖에 못 하는 주제에.'

권지연이 한수를 보며 물었다.

"다시 불러 봐요."

"같이 부르는 거겠죠?"

권지연이 고개를 끄덕였다. 그녀는 한수가 말하고자 하는 바를 단숨에 눈치챌 수 있었다.

듀엣으로 불러야 하는 만큼 권지연, 그녀가 생각하는 느낌은 무엇인지 그 감성은 어떤 것인지 알고 싶다는 이야기였다.

권지연은 입술을 질끈 깨물었다. 자신이 너무 안일하게 생각했다. 괜히 얕잡아 보이게 생겼다.

"바로 시작해요."

한수가 오기 전까지 한참 목을 풀어뒀던 지연이다. 한수에게 절대 밀리지 않겠다는 생각에서였다.

실제로 지연은 룸복에서 한수의 노래를 듣고 적잖게 충격을 받았었다. 이렇게까지 감정을 담아서 노래를 부를 수 있는 사람도 있구나, 생각했을 정도였다.

다시 한번 반주가 시작됐다.

아직도 충격에서 헤어 나오지 못하고 있던 사람들이 노래에 귀를 기울였다.

아까 전 노래가 고작 목 푸는 정도였다고 말하던 한수의 진짜 실력이 어느 정도인지 들어보기 위해서였다.

처음부터 두 사람의 앙상블이 시작됐다.

서로 밀어내지 않고 각자의 영역을 지킨 채 화음을 넣어가며 목소리가 융화되었다.

보통 듀엣 무대가 되면 누군가 한 명의 목소리가 튈 경우가 많은데 이번에는 그렇지 않았다.

여기 모인 사람들은 대부분 한수가 지연보다 더 강하게 부를 거라고 추측하고 있었다. 실제로 지연이 한수보다 경력이 오래됐을 뿐만 아니라 실력도 월등히 낫다고 생각했기 때문이다.

3팀장도 그렇게 생각하고 있을 정도였으니 다른 사람들은 두말할 필요 없었다. 하지만 두 사람의 앙상블이 끝난 뒤 한수가 먼저 노래를 부르기 시작하자 그들은 깨달을 수 있었다.

여태까지 지연이 한수를 커버한 게 아니었다.

정반대였다. 오히려 한수가 지연을 보조하면서 그녀의 목소리에 더욱더 힘을 불어넣어 주고 있었다.

그 모습을 보며 3팀장은 온몸에 닭살이 돋아나는 것만 같았다. 이제 곧 앨범을 내게 될 신인 가수가 5년 넘게 가요계의 정상에서 군림하고 있는 권지연을 뒷받침하면서 그녀의 실력을 더 돋보이게 해줄 줄은 그 누구도 예상하지 못했을 것이다.

실제로 몇 명 안 남아 있던 보컬 트레이너가 가수 지망생들도 하나둘 뿔뿔이 흩어졌다.

개중에는 엘레인 엔터테인먼트 소속 가수도 적지 않게 있었다.

서로 자신의 파트를 부르고 마지막을 또 한 번 앙상블로 완벽하게 끝낸 뒤 권지연이 한수를 뚫어지게 바라봤다.

그녀는 이번 노래에서 또 한 번 벅찬 감동을 받았다.

무엇보다 자신과 맞서려 드는 게 아니라 오히려 넓은 바다처럼 포용하고 무엇이든 부드럽게 받아 주는 그의 목소리에서 지연은 안정감을 느끼게 됐고 평소보다 더 탁월한 실력을 발휘할 수 있었다.

한수가 아니었으면 70%에서 80% 정도에 그쳤을 노래가 한수 덕분에 120% 넘게 끌어올릴 수 있었다.

"……진짜."

말문이 턱 막힌 채 머뭇거리던 지연이 한수를 빤히 보며 말했다.

"어, 어떻게 한 거예요?"

"당신의 감정에 맞춰 노래를 부른 것뿐이에요."

한수는 대수롭지 않은 얼굴로 대답했다.

그러나 그 대답에도 권지연은 여전히 의문을 풀 수 없었다.

그녀가 알기로 한수의 경력은 모창 능력자로 「숨은 가수 찾기」에 두 번 나왔던 게 전부다.

그 밖이라 해도 홍대에서 버스킹을 한 거나 윤환 콘서트에서 삼십여 분 정도 노래를 부른 것 정도였다.

그런데 그의 실력은 예상한 범주를 한참 넘어섰다.

문득 롬복으로 떠나기 전 윤환과 나눴던 대화가 떠올랐다.

[지연아, 그 녀석은 괴물이야. 발전 속도가 무시무시할 정

도로 빨라.]

"오빠가 괴물이라고 하니까 되게 어색하네요?"

[하하, 그것 말고 이상한 점이 하나 더 있어.]

"그게 뭔데요?"

[나는 여태까지 한수의 약점을 무대 경험이 부족한 걸로 생각하고 있었어. 그런데 얼마 전 콘서트에서 노래를 부르는 걸 보면서 그게 약점이 아니라는 걸 깨달은 거 있지. 그놈은 무대가 천직인 것처럼 뛰어놀더라고. 그리고 가끔은 어떻게 이럴 수 있지? 하는 생각이 들 정도로 이상한 모습을 보일 때가 있어.]

"이상한 모습이요? 그게 어떤 건데요?"

윤환은 잠시 심호흡을 내뱉으며 말을 덧붙였었다.

[마치 누군가가 그 녀석한테 빙의된 걸 보는 것만 같아. 임태호 선배나 故 장민석 선배나…… 가끔 그 사람들이 그 녀석하고 겹쳐서 보일 때가 있어. 심지어는 내 자신의 모습을 그 녀석하고 겹쳐서 본 적도 있다니까?]

"……오빠, 마약 한 거 아니죠?"

[말도 안 되는 소리 하지 말고. 내가 그런 거 할 사람으로 보여?]

"그건 아니지만…… 좋아요. 어쨌든 한번 만나볼 거예요. 만약 시원찮으면 바로 귀국해서 오빠 엉덩이를 걷어차 버릴 거니까 각오해둬요."

[후후, 각오해야 하는 건 내가 아니라 너일걸? 그 녀석하고 듀엣을 하게 되면 아마 네가 더 각오해야 할 거야.]

그때만 해도 지연은 윤환이 무슨 말을 하는지 제대로 이해하지 못했었다.

술에 취해 말도 안 되는 소리를 하는 거라고 치부했다.

그러나 오늘 지연은 윤환이 한 말을 제대로 이해할 수 있었다.

단 한 곡을 불렀는데도 불구하고 지연은 자신이 노래를 이끌어가는 게 아니라 한수에게 얹혀간다는 느낌을 받게 됐다.

게다가 한수 덕분에 평상시보다 월등히 뛰어난 실력으로 노래를 소화하게 됐다.

지연은 입술을 깨물었다.

"한 번 더 불러요."

"좋아요."

한수는 주저 없이 고개를 끄덕였다. 더 좋은 퀄리티의 노래를 만들겠다는 건데 굳이 말릴 이유는 없었다.

오히려 당황한 건 녹음실 직원들이었다. 그들이 다급히 지연에게 말했다.

"지연 씨, 지금 노래 완벽했어요. 흠잡을 데가 전혀 없었

다니까요? 이 정도면 바로 앨범으로 출시해도 문제없을 정
도예요."

"맞아요. 굳이 또 부를 이유 있어요? 그냥 다음 곡 작업해
도 될 거 같은데……."

"안 돼요. 아직 만족 못 했어요. 감정을 덜 살렸어요. 더 애
절하고 가슴을 울리게끔 해야 해요."

"……휴, 알겠습니다."

가수가 만족하지 못한다는데 계속해서 설득할 수도 없는
노릇이었다. 그리고 다시 녹음이 이어졌다.

그들이 첫 곡 녹음을 마무리 지은 건 다섯 시간이 훌쩍 지
나서였다.

지연은 여전히 만족스럽지 못한 표정이었지만 녹음을 마무
리한 건 한수의 결정이었다. 한수는 파김치가 된 지연을 보며
말했다.

"이게 한계예요. 이 이상은 어려워요."

"……얼마였죠?"

"최선을 다했어요."

"그러니까 얼마냐고요."

"90% 정도? 아, 그렇게 노려보지 마요. 이번 앨범은 우리 두 사람 이름이 모두 들어가긴 하지만 어쨌거나 권지연 씨가 주가 되는 앨범이잖아요. 그렇다 보니 일부러 힘을 뺐어요. 10% 정도는 아껴둬도 될 것 같았거든요."

"그러니까 제가 메인이니까 그에 맞춰준 거다, 이 말인 거죠?"

"뭐, 직설적으로 말하면 그렇죠."

"……."

지연이 눈매를 좁혔다.

"그럼 다음 곡 녹음 들어가죠."

"그전에 점심 좀 먹고 하죠. 오늘 앨범 작업 다 끝낼 건 아니잖아요?"

"좋아요, 구내식당으로 가면 될 거예요. 아, 그리고 이거 받아요."

지연이 한수에게 악보 하나를 내밀었다.

슬쩍 악보를 훑어본 한수가 의아한 얼굴로 물었다.

"이건 뭐예요?"

"우리 앨범에 들어갈 솔로곡이에요. 제 거도 하나 있어요. 그건 한수 씨 거예요."

"작사, 작곡 전부 다 권지연 씨가 하셨네요. 꽤 오랜 시간 공들인 거 같은데 저 줘도 돼요?"

"우리 앨범에 들어갈 노래니까 문제없어요."

권지연은 '우리 앨범'이라는 말에 힘주어 말했다.

한수가 웃으며 고개를 끄덕였다.

"알았어요. 외워둘게요."

"이따 오후에 그거 녹음 가능하죠?"

"……저 이 노래 지금 방금 받은 건데요?"

가수가 보통 노래를 녹음하기까지는 못해도 천 번 이상 그 노래를 불러야만 한다.

요즘 들어 기계음의 분량이 늘어나고 립싱크가 많아지면서 그런 방식은 비효율적이라며 부쩍 줄어들긴 했지만, 진짜 가수라면 그 정도 노력은 필수다.

그 노래에 담긴 작곡가, 작사가의 생각을 읽어야 하고 그 노래를 자신의 것으로 소화해야 하기 때문이다.

하지만 지연의 태도도 완강했다.

"한수 씨 실력이면 오늘 해도 충분할 거 같은데요?"

"……못해도 사흘은 줘야 합니다."

지연이 고개를 끄덕였다.

"좋아요, 늦어도 이번 주까지 녹음은 다 끝내보죠."

"예, 그렇게 하죠."


그리고 나흘 뒤, 녹음이 모두 끝이 났다.

한수는 김 실장을 쳐다봤다.

그는 다이어리를 펼치고 스케줄 관리에 여념이 없었다.

한수는 요즘 몸이 열 개라고 해도 부족할 만큼 스케줄이 빡빡했다.

며칠 전 지연과의 앨범 작업을 끝낸 뒤에도 스케줄이 빼곡하게 들어차 있었다.

개중 대부분은 광고 계약이었고 한수는 시간을 내서 틈틈이 광고 촬영을 해야 했다.

"오늘은 뭐 있어요?"

"어, 화보 촬영한 다음에 인터뷰 진행할 거야."

"인터뷰요? 기자가 누군데요?"

"이영민 기자님이야. 원래 다른 기자가 하기로 했는데 네가 요구한 대로 바꿨어."

이영민 기자는 한수가 수학능력시험에서 만점을 받았을 때부터 친분을 유지하고 있는 기자였다. 그녀는 중립적인 견지에서 인터뷰한 사람의 의도를 곡해하지 않고 가급적이면 원문 그대로 기사를 쓰는 사람이었다.

그때 처음 맺은 인연이 지금까지 이어지며 한수는 인터뷰를 할 때면 늘 이영민 기자를 제일 먼저 원하고 있었다.

이영민 기자 역시 한수가 다른 기자들을 제쳐두고 자신을 찾았다는 것에 적잖게 기뻐하고 있었다.

그전부터 꾸준히 쌓아뒀던 신뢰가 여전히 유지되고 있다는 반증이었기 때문이다.

"좋네요. 그다음은요?"

"이영민 기자님하고 인터뷰한 다음에는 OBC에 들어가 봐야 해."

"그 뒤는요?"

다이어리를 훑어보던 김 실장이 한수를 보며 말했다.

"오늘은 그게 끝이야."

"나쁘지 않네요."

그나마 지연과의 앨범 작업이 끝난 덕분에 스케줄이 조금 널널해진 편이다. 며칠 전까지만 해도 이런 대화조차 나눌 수 없을 만큼 초 단위로 시간을 쪼개서 움직여야 했다.

그 정도로 한수를 찾는 사람이 너무나도 많았다.

각자 저마다 한수가 필요한 이유를 장황하게 설명하는데 이야기만 들어보면 한수가 안 가면 마치 세상이 멸망할 것처럼 굴고 있었다.

그런 사람이 너무나도 많다 보니 시간을 쪼개고 쪼개도 시간이 부족할 수밖에 없었다.

김 실장이 백미러로 한수를 슬쩍 쳐다봤다. 피곤이 덕지덕지 얼굴에 붙어 있었다.

그가 한수를 보며 말했다.

"한수야, 뒤에 보면 영양제하고 드링크 사놓은 거 있어. 그
거라도 좀 먹어둬."

"아, 정말요? 감사합니다."

한수는 그가 앉아 있는 의자 뒤쪽을 훑었다.

봉투 안에 영양제를 포함해서 몸에 좋은 것은 가득 들어 있
었다.

그가 양파즙 하나를 꺼내 쪽쪽 마시는 사이 그가 타고 있는
밴이 미끄러지듯 건물 안으로 들어섰다.

오늘 화보 촬영을 하게 될 곳이었다.


도착하자 오늘 화보 촬영을 맡은 포토그래퍼가 악수를 건
넸다.

"반가워요, 강한수 씨. 오늘 화보 촬영을 맡게 된 이용준이
라고 합니다."

"처음 뵙겠습니다. 강한수입니다."

"키 크고 훤칠하고 몸도 다부지고. 오늘 촬영은 문제없겠네
요. 한번 잘 해봅시다."

"예, 잘 부탁드립니다."

포토그래퍼와 인사를 나눈 뒤 한수는 반가운 얼굴과 재차

인사를 나눴다.

그녀가 환하게 웃으며 한수에게 걸어왔다.

"오랜만이에요. 한수 씨, 그때 스케줄 잡고 인터뷰한다는 게 이렇게 늦어졌네요. 연락 미리 못해서 미안했어요."

"아뇨. 괜찮습니다. 저도 많이 바빠서 연락 주셨어도 아마 일정 빼기 힘들었을 거예요."

"그렇게 말해주니 고마워요. 그럼 화보 촬영 이후에 인터뷰하는 걸로 해요. 아, 그리고 저 지목해 줘서 고마워요."

"앞으로도 가급적이면 기자님하고만 인터뷰할 생각입니다. 제가 보기엔 기자님만 한 분이 없더라고요."

호감 섞인 한수의 미소에 이영민 기자가 얼굴을 붉혔다.

그녀가 미소를 지었다.

"그렇게 말해줘서 고마워요. 호호. 그럼 화보 촬영 잘해요. 용준 씨는 일단 베테랑이고 또 촬영 경험도 많으니까 문제없이 진행할 수 있을 거예요."

인터뷰는 화보 촬영이 끝난 뒤 진행하기로 하고 한수는 다시 한번 전문가의 도움을 받아 메이크업을 새로 하면서 의상을 골라 입었다.

오늘 한수가 촬영하게 된 화보는 패션잡지 화보였다.

다음 달 말일에 나올 패션잡지의 메인 모델로 낙점이 된 덕분이었다.

포토그래퍼의 요구에 맞춰 한수는 여러 가지 포즈를 취하며 사진 촬영을 이어나갔다.

그럴 때마다 이용준은 연신 좋아, 좋아 사인을 연발하며 사진을 찍었고 생각보다 화보 촬영은 손쉽게 마무리를 지을 수 있었다.

간혹 표정이 살지 않는다고 여러 번 재촬영을 요구하는 경우도 있다고 들었기 때문에 더욱더 의외이기도 했다.

어쨌든 화보 촬영을 빠르게 마무리 지은 다음 한수는 곧장 이영민 기자와 인터뷰를 진행했다.

재수를 하고 수학능력시험에서 만점을 받은 걸로 정식 인터뷰를 한 다음 새롭게 인터뷰를 하는 거였다.

이영민 기자도 그때 일이 생각이 나는 듯 웃으며 말을 건넸다.

"그러고 보니 우리 일 년 만에 인터뷰하는 거 맞죠?"

"맞을 거예요. 제가 수능 만점 받은 것 덕분에 기자님하고 인터뷰했었으니까요."

한수가 웃으며 대답했다.

"그때만 해도 한수 씨는 한국대학교 입학을 앞둔 신입생이었는데 일 년 만에 엄청 많은 게 바뀌었네요. 한수 씨도 그렇게 생각하죠?"

"예. 그렇죠, 일 년 동안 정말 많은 변화가 있었으니까요."

"좋아요. 아마 그 계기를 만들어주게 된 건 홍대에서 한 버스킹을 빼놓을 수 없을 거 같은데요. 직접 현장에서 본 건 아니지만 저도 유튜브를 통해 그 영상을 볼 수 있었는데요. 버스킹을 하게 된 계기는 뭐였나요?"

한수가 당시를 회상했다.

당시에 한수가 버스킹을 하게 된 건 「K-POP TV」 때문이었다. 「K-POP TV」의 등급 심사 조건을 확인해 보다가 버스킹에서 백 명 이상의 관중을 동원하는 게 가장 쉬워 보여서 고른 것이었다.

그렇다고 그걸 곧이곧대로 이야기할 수는 없었다.

한수가 웃으며 말했다.

"고등학생일 때만 해도 음치까진 아닌데 노래를 못 부른다는 이야기를 많이 들었었어요. 그래서 군대에 가 있는 동안 꾸준히 노래 연습을 하곤 했죠. 코인 노래방도 정말 많이 다녔고요."

"저도 취재해 보니까 그 오락실 주인아저씨가 한수 씨 얼굴을 기억하시더라고요. 틈만 나면 찾아와서 노래 연습을 했다고 하시더라고요."

"예. 맞아요. 그러다가 한번 사람들 앞에서 불러보고 싶다고 생각하게 됐고 그래서 고른 게 버스킹이었어요."

"그렇게 버스킹을 하던 도중 윤환 씨를 만나게 됐잖아요.

한수 씨가 보는 윤환 씨는 어떤 사람인가요?"

한수가 윤환을 머릿속에 그렸다.

항상 자신을 챙겨주고 따뜻한 위로와 조언을 아끼지 않는 마음씨 좋은 형이다. 또, 가수로서 존경하고 따를 만한 선배였다.

그뿐만 아니라 한수는 그의 만능 엔터테이너 기질을 부럽게 생각하고 있었다.

한수도 만능 엔터테이너가 되어가고 있었지만 그건 어디까지나 할아버지 창고에서 얻은 텔레비전의 도움을 받은 덕분이었다.

만약 그 텔레비전이 없었으면 이런 일은 꿈도 못 꿨을 것이다.

물론 꾸준히 노력하다 보면 어느 수준까지는 올라설 수 있겠지만 권지연과 어깨를 나란히 하고 베어 그릴스와 생존 경쟁을 벌여서 승리하고 하는 그런 그림까지는 그려지지 않는 게 사실이었다.

그 이후로도 시종일관 분위기가 좋은 상태로 인터뷰가 진행됐다.

한수는 오랜만에 만난 이영민 기자에게 텔레비전을 통해 얻은 자신이 갖고 있는 특별한 능력을 제외하고는 그 밖에 여러 가지 에피소드를 재미있게 풀었고 이영민 기자도 능수능

란하게 인터뷰를 진행했다.

그러던 와중에 이영민 기자가 한수를 보며 물었다.

"요즘 정말 꽤 많은 예능 프로그램에 나오고 계시는데요. 개중에서 가장 호감이 가는 예능 프로그램이 있다면 어떤 걸 꼽으실 건가요?"

"아무래도…… 「자급자족 in 정글」이지 않을까 싶어요. 「트루 라이즈」에 출연하고 싶어서 최종 면접까지 봤었잖아요."

"아, 예. 그러셨죠. 그때 제가 소개했던 프로그램인데 지금 와서 생각해 보면 참 민망하네요."

"이영민 기자님 잘못은 아니죠. 장 피디님이 저를 그렇게 불편하게 여기고 계실 줄은 저도 예상 못 했던 일이었으니까요."

"이왕 말이 나온 김에 속 시원하게 털고 가시는 건 어떻겠어요? 강한수 씨 안티들이 물고 늘어지는 것 중 하나가 「트루 라이즈」에 최종 섭외까지 되어놓고서는 「자급자족 in 정글」에 출연한 걸 문제 삼던데요. 그에 대해서 솔직하게 이야기해 주실 게 있나요?"

판은 깔렸다.

어차피 한 번쯤은 짚고 넘어가야 할 문제였다.

"애초에 저는 「트루 라이즈」에 출연하고 싶어 했어요. 그래서 정말 많이 준비했고요."

애꿎게 날아가 버린 채널 확보권이 생각났다.

뭐 그래도 그때 「TBC」를 확보해 둔 덕분에 지금 「TBC」에서 하는 예능 프로그램에 더 빠르게 적응한 것도 없지 않아 있었다.

"그렇죠."

"그래서 시험을 보러 갔던 거고 최종 면접도 봤고요. 그런데 면접장에서 장 피디님이 저를 되게 고깝게 생각하시더라고요. 그러면서 면접이 채 끝나기도 전에 그냥 면접장을 나가 버리셨고요."

한수는 무슨 일이 있었는지 가감 없이 설명했다.

그 모든 걸 기록한 이영민 기자가 조심스럽게 물었다.

"그런데 이거 실어도 문제없겠어요?"

한수가 미소를 지어 보였다.

"문제없어요. 이미 TBC하고도 협의가 끝났어요."

사전에 이미 TBC하고도 이야기를 끝내놓은 사안이었다.

실제로 TBC에서도 이 부분을 보다 명확하게 확인해 보겠다고 한수 편을 들어줬다.

한수 없이는 「하루 세끼」나 「무엇이든 만들어드려요」 시즌2를 제작할 수 없는 상황이었기 때문이다.

게다가 「하루 세끼」로 계속해서 높은 시청률을 뽑아내는 데다가 광고도 완판시킨 황 피디가 강력하게 한수를 원하고 있는 것도 영향을 미치고 있었다.

"오늘 인터뷰 고마워요. 다음 달 잡지 나오면 읽어봐요."

"예, 감사합니다. 기자님, 다음에 또 얼굴 봬요."

"그럼요. 시간이 없더라도 어떻게든 시간을 쪼개서 내볼 테니까 인터뷰할 일 있으면 저 불러주세요."

"예."

한수가 밝게 웃으며 화답했다.

그렇게 화보 촬영 및 인터뷰를 끝낸 뒤 그들은 곧장 OBC로 향했다.

오늘 한수가 OBC로 가게 된 건 「쉐프의 비법」 때문이었다.

지금 당장 방송 중인 예능 프로그램 가운데 한수에게 가장 적극적으로 공세를 펼친 건 UBC에서 하고 있는 「마스크싱어」와 OBC에서 하는 「쉐프의 비법」이었다.

조만간 지연과 함께 작업한 앨범이 나오는 걸 감안해 보면 「마스크싱어」에 나가보는 것도 나쁘지 않았다.

가수라는 포지션을 더 확고히 굳힐 수 있기 때문이다.

애초에 가수라고 생각지도 않던 사람이 가수보다 훨씬 더 노래를 잘 부른다면 그것만으로도 화젯거리가 되기에 충분하니까.

그러나 한수가 「마스크싱어」 섭외를 거절한 건 시간문제 때문이었다.

굵직굵직한 해외 촬영은 전부 다 끝이 났지만 「자급자족 in 정글」 촬영이 남아 있었다.

만약 가왕이 된다면 2주에 한 번은 녹화를 꾸준히 해야 할 텐데 시간을 맞추기가 쉽지 않을 터였다.

그렇다고 자신 한 명 때문에 스케줄을 전부 다 옮겨달라고 할 수 있는 것도 아니었다.

물론 「마스크싱어」 제작진이 생각하기엔 기껏해야 모창이나 잘하는 수준인데 가왕을 노리는 건 언감생심이 아니냐고 반문할 수도 있겠지만 한수의 생각은 그러했다.

반면에 OBC 「쉐프의 비법」 제작진은 최대한 촬영 편의를 봐준다고 했었기 때문에 출연하게 된 것이었다.

만약 스케줄이 겹쳐서 정 어렵게 되면 그때는 대타를 구해주기로 했기 때문에 한수 입장에서는 전혀 부담을 느끼지 않을 수가 있었다.

그렇지만 아무래도 「쉐프의 비법」을 방송중인 OBC는 종편인 데 비해 「마스크싱어」가 방송되는 UBC는 지상파다 보니 내심 아쉬운 것도 없지 않아 있었다.

확실히 지상파에 출연하는 게 종편이나 케이블보다는 파급력이 더 큰 게 사실이었다.

한수의 몸값이 부쩍 상승한 것도 UBC에서 하는 「자급자족 in 정글」과 「내가 생존왕」에서 연달아 히트를 치며 가능했던 것이었다.

그렇다 보니 여전히 길은 열어놓고 있었다.

"「마스크싱어」 말이에요. 그거 가왕 한 번만 하고 스케줄 문제로 내려갈 수도 있어요?"

"그건 절대 안 되지. 가왕이 되면 떨어지기 전까지는 계속 출연해야 해. 계약서에서 그건 명시되어 있어."

"그럼 「마스크싱어」에 나가는 건 불가능하겠네요. 촬영이 겹칠 가능성이 크니까요."

"……너 진짜 가왕할 수 있다고 생각하는 거야?"

"형은요? 형은 제가 불가능할 거라고 봐요?"

"뭐, 그건 아니지만……."

김 실장도 한수가 권지연하고 함께 녹음하는 모습을 본 적이 있다. 그리고 한수의 노래 실력을 보며 전율을 느꼈었다.

생각지도 못한 실력 때문이었다. 김 실장이 고민 끝에 말했다.

"충분히 가능하긴 하지. 아니면 「자급자족 in 정글」 제작진하고 협의해 보는 건 어때? 그쪽에서도 너하고 장기계약을 못해서 안달이잖아. 웬만해서는 들어주지 않을까?"

한수가 생각에 잠겼다. 몸은 하나인데 자신을 원하는 프로그램은 너무 많았고 시간은 한정되어 있었다.

지금으로서는 선택과 집중을 해야만 했다.

더 많은 명성을 확보하기 위해서라도 그건 필수적이었다.

마포구 상암동에 위치해 있는 OBC 사옥에 도착한 뒤 한수는 김 실장과 함께 예능국을 찾았다.

「쉐프의 비법」 제작진을 만나기 위해 회의실을 찾을 때였다.

반가운 얼굴이 한수를 보며 아는 척을 해왔다.

"어, 강한수 씨. 오랜만이에요. 잘 지냈죠?"

한수도 반갑게 그가 건네는 손을 마주 잡았다.

"오랜만이네요, 강 피디님. 잘 지내셨죠?"

그는 「숨은 가수 찾기」를 연출하고 있는 강석태 피디였다.

강석태 피디 목소리에는 호감이 듬뿍 담겨 있었다.

"그보다 여기는 어쩐 일로…… 아, 「쉐프의 비법」에서 김경준 쉐프님이 당분간 빠진다고 하더니 그거 때문에 오셨나 보네요."

"예, 양 피디님이 연락을 먼저 주셔서요. 일단 이야기 좀 나눠볼까 하고요."

"하하, 이것도 인연인데 「숨은 가수 찾기」에 한 번 더 나와 보는 건 어때요? 한수 씨가 윤환편이랑 임태호편에서 연달아

우승했던 거, 여전히 기억이 생생하다니까요."

한수가 그 말에 넉살 좋게 웃었다.

그러나 앞으로 「숨은 가수 찾기」에 출연할 일은 없을 터였다.

어차피 「숨은 가수 찾기」에서 우승한다고 해도 결국은 모창 능력자일 뿐이다.

하지만 지금 한수는 모창 능력자라는 그 껍데기를 벗어던지려 하고 있었다.

그런 상황에서 「숨은 가수 찾기」에 출연한다는 건 제 살 파먹기나 마찬가지였다.

"죄송합니다, 피디님."

"알아요. 그냥 욕심 좀 내봤어요. 그건 그렇고 「마스크싱어」에서도 섭외 갔다면서요?"

"어? 어떻게 아셨죠?"

"이 바닥 좁은 거 알면서. 다 한때 같이 일했던 동료들인걸요. 술 마시다 보면 그런 이야기들은 비일비재하게 나와요. 하하, 한수 씨한테 까였다고 속상해하더라고요."

강 피디가 웃으며 재차 말을 이었다.

"제가 한 제안은 언제든지 유효하니까 생각 있으면 제 번호로 연락 줘요."

반가운 얼굴을 뒤로 한 채 한수는 「쉐프의 비법」 제작진과 만날 수 있었다.

회의실에서 자신을 기다리고 있는 제작진들과 인사를 나눈 뒤 본격적인 이야기가 오고 갔다.

역시 주된 합의점은 촬영 일정에 관한 것이었다.

그들도 한수가 근래 가장 주가가 높은 연예인인 걸 알고 있었다. 가장 우선시해야 하는 건 일정을 서로 맞출 수 있는가 하는 점이었다.

"촬영은 격주로 수요일마다 할 거예요. 시간을 빼주실 수 있을까요?"

어려운 일은 아니었다.

문제는 「자급자족 in 정글」이었다.

그밖에도 시즌제로 할 것이 유력한 「하루 세끼」나 「무엇이든 만들어드려요」도 문제였다.

그 부분을 설명하자 양홍춘 피디가 별거 아니라는 얼굴로 말했다.

"괜찮습니다. 정 어려우면 그때는 일일 쉐프를 구해보도록 하죠. 당장 다다음 주부터 촬영이 잡혀 있는데 가능하시겠죠?"

한수가 고개를 끄덕였다.

당분간은 촬영 일정이 없었다. 시간을 내는 건 문제 없다.

"다행이네요. 그럼 다다음 주에 봅시다. 앞으로 잘 부탁해요, 한수 씨."

"감사합니다. 피디님."

그렇게 촬영 일정이 잡힌 뒤 다음 주에 게스트로 나올 출연자 및 음식 주제에 관해 이야기가 오고 갔다.

15분 안에 요리를 만들어내야 하는 만큼 게스트와 그들이 선호하는 요리 그리고 요리 주제에 관해서는 사전에 알려주게끔 되어 있었다.

그 후 사전에 레시피를 준비한 다음 촬영 도중 몇 차례 리허설을 거치며 녹화를 해야 했다.

그렇다 보니 몇 달 전 김서현과 장희연이 게스트로 나온 편에서 장희연이 대뜸 요리 주제를 바꿔버렸던 것이 문제가 되었던 것이다.

그나마 다행이었던 건 기존 주제와 크게 벗어나지 않았다는 점 정도였다.

어쨌거나 장희연이 요구한 건 한수가 해준 요리보다 더 맛있는 요리였고 국적이나 요리 종류에 대해서는 제한을 두지 않았기 때문에 문제는 없었지만 그래도 돌발상황이었던 건 분명했다.

그렇게 해서 한수는 「쉐프의 비법」에 최종적으로 합류할 수 있었다.

그로부터 며칠 뒤, 회사에서 급한 연락이 왔다.

그리고 한수는 회사 회의실에서 자신을 기다리고 있는 낯선 남자 두 명을 볼 수 있었다.

그들이 한수를 보자마자 인사를 건넸다.

"처음 뵙겠습니다. 피디 김명진입니다."

"피디 이승수입니다."

두 사람은 피디였다.

한수가 고개를 갸웃했다.

두 사람이 연출 중인 프로그램이 뭔지 아직 이야기를 듣지 못해서였다.

김명진 피디가 멋쩍게 웃으며 입을 열었다.

"하하, 저는 「마스크싱어」를 연출하고 있습니다."

"저도입니다."

그들은 UBC의 간판 예능 프로그램 「마스크싱어」 피디였다.

한수가 의아한 얼굴로 두 사람을 바라봤다.

"저는 분명히 「마스크싱어」를 거절했는데……."

그런데 이들이 왜 여길 찾아왔는지 이해할 수 없었다.

"예, 강한수 씨가 「마스크싱어」를 거절한 건 알고 있습니다."

"그래도 한 번은 더 설득하고 싶어서요."

"저 말고도 「마스크싱어」에 나오고 싶어 하는 사람들이 많은 걸로 아는데요. 굳이 저를 섭외하실 필요가……."

한수가 고개를 갸웃거렸다.

「마스크싱어」는 UBC의 간판 예능 프로그램이다.

그런 만큼 섭외되기도 쉽지 않다.

그래서 처음 그들이 자신을 섭외하고 싶다고 했을 때도 자리가 있나 하는 생각이 들 정도였다.

실제로 「마스크싱어」에 나가고 싶어도 자리가 없어서 대기표를 받고 기다리고 있는 사람도 적지 않다고 알고 있었다.

그 말에 김명진 피디가 손사래를 치며 말했다.

"아닙니다. 누구나 다 섭외하는 건 아니죠. 그리고 저흰 다른 누구보다 더 한수 씨가 우리 프로그램에 꼭 나왔으면 합니다."

"그렇게 생각하시는 이유가 있나요?"

"그럼요, 한수 씨가 「숨은 가수 찾기」에서 보여 준 모창 실력은 정말 특별했습니다. 그리고 윤환 씨 콘서트에서 열창한 것도 찾아봤고요. 그밖에도 몇 가지 영상을 더 찾아봤고 꼭 한 번 모시고 싶다는 생각을 하게 됐습니다."

"몇 가지 영상이요?"

"아, 실은 제 친구가 TBC에서 일하고 있는데 이번에 한수 씨가 「무엇이든 만들어드려요」 촬영하면서 노래를 불렀다기에 그 영상을 한 번 본 적이 있습니다."

한수는 그제야 이들이 왜 자신을 찾아왔는지 이해할 수 있었다.

「무엇이든 만들어드려요」를 촬영하다가 권지연 때문에 노래를 한 곡 부른 적이 있었다.

故 장민석의 「먼지가 되어」였다. 아마 그 영상을 이들도 본게 분명했다.

"음, 그걸 보셨군요."

"이 바닥은 워낙 좁으니까요. 누구하고 누가 사귀면 바로 다음 날 이 바닥에 종사하는 사람은 다 알 정도로 비밀이 없는 곳이죠."

"노래를 들었는데 진짜 직감이 왔습니다. 우리 프로그램에 가장 적합한 분이라는 걸요. 우리 프로그램의 취지는 실력이 출중한데 인지도가 없어서 인정받지 못하는 분들을 재조명하는 겁니다."

"한수 씨는 가수보다는 모창 능력자로 알려져 있죠. 하지만 우리 프로그램에 나와서 그때 불렀던 노래 정도로만 불러주신다면 모창 능력자 강한수가 아니라 가수 강한수로 눈도장을 확실히 찍으실 수 있을 거라고 생각합니다."

김명진 피디와 이승수 피디. 두 명은 무슨 티키타카를 하듯 번갈아 가며 한수를 설득하려 했고 그들이 하는 말은 확실히 설득력이 있었다.

무엇보다 자신을 꼭 섭외하고 싶은 그 의지가 돋보였다.

"일단 생각해 보겠습니다. 저 역시 「마스크싱어」에 출연하고 싶긴 하지만 촬영 일정이 가장 마음에 걸리는 거여서요. 아시다시피 제가 TBC에서 하는 프로그램하고 IBC에서 하는 「자급자족 in 정글」 때문에 길게 촬영하는 일이 잦다 보니······."

"웬만해서는 한수 씨 촬영 일정에 최대한 맞춰드리도록 하겠습니다. 그러니까 부담 없이 생각해 주십시오."

"꼭 부탁드리겠습니다."

그 이후로도 몇 차례 한수를 설득하던 두 피디가 회의실을 떠났다. 가만히 그 모습을 보던 한수가 혀를 내둘렀다.

"진짜 순식간에 설득당할 뻔했네요."

"하하, 둘 다 말빨이 좋긴 해. 그건 그렇고 네 생각은 어때? 출연할 의사는 있어?"

"나쁘진 않죠."

「마스크싱어」는 UBC 간판 예능 프로그램이다.

코어팬도 많고 화제성도 높다. SNS를 통한 버즈량도 많은 편이며 무엇보다 프로그램 자체의 완성도도 높은 편이다.

게다가 부모님 모두 「마스크싱어」를 즐겨본다. 마스크를 쓰고 「마스크싱어」에 나갔다가 마스크를 벗고 진짜 얼굴을 공개

할 때 부모님이 화들짝 놀라는 장면을 종종 머릿속으로 그려 본 적도 있었다.

그랬기 때문에 그들의 제안은 한수에게도 대단히 매력적이 었다.

"한 번 고민해 봐. 확실히 너는 가수라기보다는 모창 능력 자로 알려져 있잖아. 이번에 권지연하고 함께 콜라보레이션 한 앨범 나오면 그래도 반응이 좀 달라지겠지만 여전히 널 백 안시하는 사람들이 적지 않단 말이야. 그런 점에서 「마스크싱 어」는 꽤 좋은 프로그램이거든."

실제로 「마스크싱어」에 출연하고 편견을 벗은 가수들도 꽤 많다.

개중에는 특히 아이돌이 많다.

아이돌은 노래를 잘 못 부른다는 편견을 갖고 있던 사람들 도 「마스크싱어」를 보고 그 생각을 고쳐먹었을 정도다.

한수는 고민에 잠겼다. 어쩌면 한 번 정도는 출연해도 나쁘 지 않을 것 같았다.

「마스크싱어」 측으로부터 섭외를 받은 건 한수만이 아니었 다. 새 앨범 발매를 앞두고 한창 긴장 중이던 권지연에게도 섭외가 갔다.

지연은 삼 년 전을 마지막으로 예능 프로그램 출연을 자제하고 있었다. 그런 탓에 그녀를 섭외하려 하는 예능 프로그램은 최근 들어 씨가 마른 상태였다.

하지만 얼마 전 「무엇이든 만들어드려요」에도 한 번 나왔고 이번에 새 앨범 발매를 앞두고 예능 프로그램 한두 개 정도는 출연할 생각을 하고 있었다.

물론 음악 방송도 병행할 생각이었다. 그런 와중에 「마스크싱어」 측의 섭외는 조금 뜻밖이었다.

그리고 지연도 적잖이 부담되는 게 사실이었다. 그건 어쩔 수 없는 게 권지연이나 윤환 같은 가수가 1라운드 혹은 2라운드에 탈락하면 거품이었다고 까일 게 분명했다.

가왕이 못 돼도 까일 판이니 아무래도 출연이 부담스러웠다.

하지만 한수도 출연을 긍정적으로 생각한다는 「마스크싱어」 제작진의 의견에 권지연의 태도가 돌변했다.

"오빠, 「마스크싱어」 나가는 거 어때?"

"뭐? 네가 나가서 무슨 소득이 있다고. 괜히 가왕 못 되면 까일 게 뻔히 알잖아. 그래서 계속 섭외 거절했던 거고."

"그런데 강한수도 나온다잖아."

"그게 뭐?"

"솔직히 지난번에 같이 듀엣으로 준비할 때 나는 내가 찍어 누를 줄 알았단 말이야. 그런데 걔한테 졌단 말이지. 오히려 내가 끌려다녔다고."

"그래서?"

"그거 제대로 갚아주고 싶어서 그렇지. 어쨌든 강한수도 3라운드까지는 올라올 테고. 그때 내가 제대로 꺾어버리면 되니까."

"……그러다가 만약…….."

"진다는 소리 하기만 해 봐."

"설마 네가 지겠냐? 좀 걱정스러워서 그렇지."

그러나 매니저는 권지연의 생각을 읽을 수 있었다.

동갑내기인 한수에게 밀렸다는 게 그녀의 자존심에 스크래치를 낸 게 분명했다.

그렇다 보니 출연해 봤자 본전도 건지기 힘들 「마스크싱어」에 출연하려 하는 거일 터였다.

"네 고집을 누가 말리겠냐. 하고 싶으면 하는 거지."

"오케이, 오빠도 내 편 들어주는 거다."

"……알았어."

"「마스크싱어」 제작진에게 연락해 줘. 강한수가 출연하면 나도 출연하겠다고, 대신 그건 비밀로 해달라고."

그렇게 암묵적인 딜이 오고 간 가운데 「마스크싱어」 제작진은 한수의 섭외에 열을 올렸다.

한수가 섭외되면 권지연도 덩달아 섭외되는 것이었기 때문이다.

결국, 그들의 끈질긴 설득 끝에 한수도 출연하기로 뜻을 모았다.

물론 한수는 권지연도 「마스크싱어」에 나온다는 걸 전혀 알지 못하고 있었다.

그렇게 섭외를 확정 지은 뒤 금쪽같던 주말이 지났다.

그리고 월요일이 됐다.

「마스크싱어」 1라운드는 듀엣 무대였고 그런 만큼 연습이 예정되어 있었다.

한수는 대기실로 향했다.

그리고 그는 대기실에서 자신이 앞으로 써야 할 마스크를 확인할 수 있었다.

그에게 주어진 마스크는 전후좌우를 모두 볼 수 있는 아수라 가면이었다.

한수는 녹음실에서 자신이 앞으로 쓰게 될 아수라 가면을 이리저리 둘러봤다.

기괴한 표정을 하고 있는 얼굴 네 개가 전후좌우로 달려 있었다.

「마스크싱어」의 김명진 피디가 가면을 건네주며 한 말이 생각났다.

어떤 사람의 목소리든 자유롭게 낼 수 있는 모창 능력자인 만큼 그에 어울리는 가면을 준비했다는 게 그가 한 말이었다.

각기 다른 얼굴을 돌아보던 한수가 가면을 썼다. 살짝 시야가 좁아진 걸 제외하면 나쁘지 않았다. 다시 가면을 벗은 뒤 한수는 스마트폰으로 DMB를 보기 시작했다.

계속되는 바쁜 일정 탓에 피로도를 전부 다 쓰지 못하는 경우가 잦았다. 「피로도 유예」 때문에 손해를 덜 보고 있긴 했지만, 가끔 1~2 정도의 피로도를 써먹지 못하고 그대로 버리게 될 때면 그만큼 아쉬움이 짙게 남곤 했다.

그렇다 보니 이렇게 짜투리 시간을 활용해서라도 틈틈이 경험치를 쌓고 있었다.

게다가 그동안 쌓은 명성을 써서 확보한 새로운 능력 덕분에 이제는 자유자재로 텔레비전을 보다가 멈출 수도 있게 되었다.

특히 누군가가 자신을 찾을 때면 그 즉시 과몰입 상태에서 벗어나게 되는데 그 덕분에 필요에 맞춰 피로도를 쓰는 게 가능해졌다.

그래도 그동안 꾸준히 방송에 출연하며 쌓은 명성 덕분에 점점 더 한수의 능력은 강화되고 있었다.

오늘도 어김없이 DMB를 통해 경험치를 쌓고 있을 때였다.

똑똑-

대기실 문을 두드리는 소리가 있었다.

그와 함께 한수가 깊은 잠에서 깨어나듯 눈을 한 번 감았다가 떴다.

싱크로율이 깨져 버린 건 아쉬웠지만 누군가 온 듯했다.

'한창 좋았는데…….'

최근 그가 보고 있는 건 새롭게 확보한 채널이었다.

「음악」에 속해 있는 「Pop Nostalgia」 채널로 외국에서 널리 불린 고전 팝송부터 최근 유행하고 있는 최신 팝송까지 다양한 노래를 들을 수 있었다.

한수가 이 채널을 확보한 건 음악적으로 많은 갈증을 느껴서였다.

특히 국내 노래는 웬만큼 따라 부를 수 있지만, 해외 팝송은 제대로 부를 수 없다는 것에 자극을 받아서 확보해 둔 것이기도 했다.

어차피 상위 채널은 확보할 수 없는 채널 확보권이라서 「스포츠」, 「레저」, 「교육」 혹은 「음악」 넷 중 하나에만 사용이 가능했기 때문이다.

그는 DMB를 일시 정지시킨 다음 입술을 떼며 물었다.

"누구세요?"

"아, 연습 준비 다 됐어요. 지금 나오셔도 돼요. 아수라 백작님."

한수가 그 말에 머쓱하게 미소를 지었다.

「마스크싱어」에서 앞으로 그가 쓰게 될 닉네임은 아수라 백작이었다.

아수라 백작은 75년 방영된 장편 TV 애니메이션 만화영화 마징가Z에 나오는 인물로, 헬 박사가 부하로 쓰기 위해 서로 사랑하던 남자와 여자를 하나로 합친 존재였다.

한수에게 아수라 백작이 주어진 건 한 사람이 라운드마다 서로 다른 개성적인 모습을 보여줄 수 있다는 점 때문이었지만 그런 점만 놓고 보면 한수와 잘 어울리는 가면이었다.

한수는 아수라 가면을 쓴 다음 연습실로 향했다.

연습실 안에는 꾀꼬리 가면을 쓰고 있는 여성이 그를 기다리고 있었다.

그녀가 한수를 발견하고는 인사를 먼저 건네왔다.

"안녕하세요. 배우…… 아니, 노래하고 싶은 꾀꼬리, 꾀꼬리 소녀입니다."

한수가 고개를 꾸벅 숙이며 대답했다.

"반갑습니다. 위풍당당 아수라 백작입니다."

그녀는 신기한 듯 한수가 쓰고 있는 가면을 기웃거렸다.

"우와, 가면이 엄청 신기해요. 모두 네 개인데 얼굴 표정이 다 달라요."

"제작진에서 공들여 만들었나 봐요. 그건 그렇고 배우세요?"

"아…… 못 들은 척해주시면 안 될까요? 저도 모르게 습관적으로 튀어나와 버렸어요."

한수는 가면을 쓰고 있긴 했지만, 그녀 표정을 읽을 수 있을 것 같았다.

그리고 몇 분 지나지 않아「마스크싱어」보컬리스트가 안으로 들어왔다.

"두 분 모두 안녕하세요. 여러분 연습을 도와줄 이현민입니다. 잘 부탁드립니다."

그는 두 사람 가면을 보고도 표정 변화가 전혀 없었다.

그냥 무덤덤한 얼굴로 오늘 해야 할 일을 알려줄 뿐이었다.

두 사람이 함께 불러야 하는 노래는「기적」이었다.

김현욱과 이은하가 함께 부른 듀엣곡으로 20년이 지난 지금도 여전히 유명하며 또 웨딩 축가로도 자주 쓰이는 노래다.

보컬리스트 이현민이 한수와 꾀꼬리 소녀를 번갈아 보며 말했다.

"두 분 모두 노래는 알고 계시죠?"

"예, 알고 있습니다."

"저도 알아요."

이현민이 한수를 보며 눈매를 살짝 좁혔다.

기본적인 목소리 톤이 되게 듣기 좋았다.

그렇지만 기존 기성 가수의 톤과는 조금 차이가 있었다.

생소했다.

그는 보컬리스트 겸 보컬 트레이너로 활동하며 그동안 적지 않은 가수들의 노래를 들었다.

그가 이 톤으로 어떤 노래를 부를지 그 점이 궁금했다.

그렇다고 해서 기대하고 있는 건 아니었다. 솔직히 말해서 썩 기대되진 않았다.

그가 맡고 있는 건 비가수 출신의 연예인이었다. 가수들은 그가 맡을 필요가 없었다. 그들 소속사에도 보컬 트레이너들이 있을 테고 또 그들은 기본적으로 완성이 되어 있기 때문이다.

그렇다 보니 「마스크싱어」 제작진이 그에게 보컬 트레이닝을 부탁하는 사람들은 비가수들이 많았다.

"일단 한번 들어볼게요. 그런 다음 제가 맞춰드리도록 하겠습니다."

이현민은 부드러운 어조로 두 사람을 보며 말했다.

괜히 시간만 길게 끌어봤자 서로 피곤할 뿐이다. 그로서도 빨리 일 끝내고 다른 일거리를 잡는 게 효율적이었다.

"우선……."

"위풍당당 아수라 백작입니다."

"예, 위풍당당 아수라 백작님이 먼저 부른 다음 이제는 노래하는 싶은 꾀꼬리 소녀님이 그다음 파트를 부르도록 할게요. 아수라 백작님, 음역대부터 잡아드릴까요?"

"아뇨, 원곡 그대로 가겠습니다."

이현민은 한수를 보며 슬쩍 웃음을 흘렸다.

'노래방에서 꽤나 노래 불러 봤나 본데. 그래 봤자 꽥꽥 지르는 수준이겠지.'

그러나 속마음과 달리 이현민은 흔쾌히 그 말에 동조하고 나섰다.

괜히 서로 시비가 붙고 그러다가 촬영이 지지부진해지는 건 싫었다.

"좋습니다. 일단 원곡 그대로 가보죠."

반주가 깔리면서 인트로 부분으로 들어갔다.

그때부터 한수가 느낌을 잡기 시작했다.

노래에 대한 이미지를 잡으며 감정을 끌어올렸다.

이현민이 의아한 얼굴로 한수를 바라봤다.

'어? 비가수 아니었어?'

비가수와 가수의 차이는 인트로에서 난다.

비가수는 가사가 시작되는 지점, 즉 보컬의 멜로디가 시작되는 부분에서 노래를 시작한다.

하지만 가수는 다르다.

가수는 인트로가 시작될 때 이미 노래를 부르기 시작한다.

물론 여기서 노래를 부른다는 건 가사를 부른다는 게 아니다.

곡에 대한 이미지나 감정 등을 떠올리며 자신의 감정을 어떻게 해야 잘 표현할 수 있을지 그것을 준비한다는 뜻이다.

그렇게 해서 그들은 표현력 및 감정 전달에서 아마추어나 비가수들보다 훨씬 더 섬세한 모습을 보여줄 수 있게 된다.

이현민이 당혹스러워할 수밖에 없는 이유가 여기 있었다.

그는 여태껏 한수를 비가수로 알고 있었으니까.

*나 그대의 눈을 바라보면.*

첫 소절이 시작되었고 이현민은 시작부터 소름 돋게 만드는 그 노랫말에 입술을 깨물었다.

'미친, 뭐하자는 짓거리야.'

이 정도 가수를 자신보고 지도하라고?

그는 지금 당장 김명진 피디를 찾아가서 멱살을 쥐고 싶은 마음이었다. 도대체 무슨 생각으로 이런 짓을 벌인 건지 궁금했다.

그렇게 한수가 자신의 파트를 다 불렀지만 노래하고 싶은 꾀꼬리 소녀는 물론 이현민도 입술을 떼지 못하고 있었다.

한수는 머쓱한 얼굴로 두 사람을 쳐다봤다.

그러다가 뒤늦게 정신을 차린 이현민이 놀란 얼굴로 한수를 바라보며 말했다.

"……가수셨어요?"

한수가 그 말에 생각에 잠겼다.

권지연과 함께 낼 앨범이 발매됐으면 가수라고 할 수 있겠지만 아직 그는 가수가 아니었다.

현재로서는 가수 강한수가 아닌 연예인 강한수였다.

"아뇨."

한수 말에 이현민 표정이 더욱더 괴랄해졌다.

'가수, 그것도 꽤 오랜 시간 노래를 부른 가수가 분명한데…….'

그렇지만 「마스크싱어」에 출연하는 출연자들의 정체는 전부 다 감춰져 있다.

「마스크싱어」의 보컬리스트인 이현민도 그 정체를 알지 못한다.

'도대체 누구지?'

가수는 아닌데 가수보다 훨씬 더 노래를 잘 부른다.

그 정체가 궁금했다.

"어, 음. 일단 위풍당당 아수라 백작님은 됐고요. 노래하고 싶은 꾀꼬리 소녀님도 한번 불러보죠."

이번에는 노래하고 싶은 꾀꼬리 소녀가 노래를 부르기 시작했다.

그래도 배우답게 발성이 좋고 목소리도 꾀꼬리답게 듣기 좋았지만, 전체적인 노래 실력은 수준 이하였다.

그가 눈살을 찌푸렸다.

그것도 잠시 계속해서 생각을 해보니 노래하고 싶은 꾀꼬리 소녀가 노래를 못 부르는 건 아니었다. 그녀도 어느 정도 노래를 부를 줄 알았다.

배우 하기 이전에 아이돌 연습을 한 적이 있는 걸까.

소속사에서 체계적으로 배운 티가 났다.

그는 왜 자신이 그녀가 노래를 못 부르는 것 같다고 생각이 들었는지 뒤늦게 알 것 같았다.

위풍당당 아수라 백작 때문이었다.

그가 부른 노래 때문에 역으로 꾀꼬리 소녀의 노래가 형편없이 느껴진 것이다.

이현민이 꾀꼬리 소녀를 보며 말했다.

"전체적으로 나쁘지 않았어요. 소속사에서 체계적으로 트레이닝 받은 경험이 있으신가 봐요."

"예? 어, 어떻게 아셨어요?"

그녀가 적잖게 당황한 듯 허둥지둥거리며 물었다.

"하하, 버릇 같은 게 보이거든요. 그래도 노래는 정말 잘 들었어요. 소녀의 풋풋한 감성이 잘 느껴졌어요."

"감사합니다."

"어. 음, 조금 더 노력해 봐요. 그리고 아수라 백작님은 제가 딱히 터치할 게 없네요. 제작진에서 왜 아수라 백작님을 저한테 맡긴 건지 역으로 묻고 싶을 정도네요."

"……하하."

한수가 머쓱하게 웃었다.

그가 보컬 트레이너에게 맡겨진 건 아마 작가진들이 한 실수가 아닐까 싶었다.

어쨌거나 그는 가수가 아니었고 비가수로 분류가 되다 보니 원래 하던 방식대로 나누다가 보컬 트레이너한테 배정시킨 것일 수도 있었다.

"그럼 아수라 백작님은 내일 뵙겠습니다. 저는 꾀꼬리 소녀님 연습을 마저 도와드려야 할 거 같아서요."

"예, 고생하셨습니다."

"고생은요."

보컬 트레이너 이현민이 고개를 절레절레 저었다.

오히려 그로서는 제대로 된 명품 노래를 들을 수 있게 돼서 기분 좋게 생각하고 있었다.

연습실에서 나온 뒤 한수는 김 실장하고 연락을 취했다.

오늘 늦게까지 연습을 하게 될 줄 알았는데 생각보다 연습이 일찍 끝나는 바람에 시간이 남았다.

얼마 지나지 않아 김 실장이 전화를 받았다.

-어, 한수야. 어쩐 일이야?

"실장님, 어디세요? 저 연습 다 끝났어요."

-뭐? 벌써?

"왜요? 무슨 일 있어요?"

-너 저녁 늦게까지 연습해야 하는 줄 알고 회사에서 땜빵 좀 해달라기에 지금 외근 중이야. 이거 어떻게 하지?

"여기서 계속 기다릴 수도 없잖아요."

한수가 머리를 긁적였다.

방송국 대기실에서 넋 놓은 채 기다리고 싶은 생각은 없었다.

DMB를 보면서 경험치를 쌓아도 되긴 하지만 남은 피로도는 몇 되지 않았다. 새벽녘에 적잖은 피로도를 소모했기 때문이다.

일단 전화를 끊은 뒤 한수는 생각을 정리했다. 그러다가 문득 생각 난 얼굴이 한 명 있었다.

미라클 PC방을 운영 중인 성욱 형.

몇 달 전 전화 통화를 하긴 했지만, 그동안 스케줄 때문에 너무 바쁜 탓에 좀처럼 얼굴 볼 시간이 없었다. 그에 비해 여전히 컵스테이크는 잘 팔리고 있는지 손님은 많은지 궁금한 게 적지 않았다.

한수는 「마스크싱어」 작가한테 아수라 백작 마스크를 건넨 다음 UBC 사옥을 빠져나왔다.

간만에 성욱 형을 보러 갈 생각이었다.

UBC 사옥을 나온 뒤 한수가 향한 곳은 택시 정류장이었다.

원래대로라면 지하철을 타고 가겠지만 그러자니 자신을 알아보는 사람들이 많을까 봐 염려되었다.

그래서 한수가 고른 건 택시였다.

택시비가 만만치 않게 나오겠지만 그래도 「숨은 가수 찾기」에서 2회 연속 우승하며 받은 상금과 「내가 생존왕」에서 우승하며 받은 금괴, 그리고 광고비 등 돈 나올 구석은 많았다. 고민을 끝낸 한수는 택시 정류장에 우두커니 선 채 택시가 오길 기다리기 시작했다.

그러나 한수의 생각과 달리 택시는 좀처럼 오질 않았다.

평소와 달리 거리는 한산했고 길거리를 지나치는 사람들도 많지 않았다.

'오늘이 월요일이었지.'

그리고 시간도 애매했다.

점심시간이 끝나고 커피를 마시며 담소를 나누던 직장인들이 한창 눈이 감기는 걸 억지로 참아가며 일할 시간이었다.

하는 수없이 한수는 택시 정류장을 나와 지하철 역사로 향했다.

UBC 사옥 바로 옆에는 정발산역이 있었다.

여기서 그의 모교 근처에 있는 화랑대역까지는 지하철을 타고 1시간 30분 정도 걸렸다.

그래도 혹시 하는 생각에 한수는 3팀장에게 전화를 걸었다.

그는 지금 윤환과 함께 중국에 가 있었다.

새로 찍을 드라마가 한중합작이라고 들었는데 그 조건을 조율하기 위함이었다.

─어, 한수야. 무슨 일 있어?

"팀장님, 많이 바쁘세요?"

─아니, 조금 전에 점심 먹고 잠깐 쉬고 있어. 미팅은 이따 하기로 해서. 그보다 너 오늘 연습 있는 날 아니었어? 「마스크 싱어」 연습해야 하잖아.

"보컬 트레이너가 연습할 거 없다고 해서요. 그런데 김 실장님은 제가 연습 저녁까지 할 줄 알고 회사 일 땜빵 메우러 가셔서요."

─뭐? 그런 일이 있었어? 그래서 너는 어떻게 하려고?

"오랜만에 아는 형 얼굴 좀 보고 오려고요. 그동안 연락만 주고받았지 얼굴 보러 간 적이 없어서요."

─음, 문제 될 건 없긴 한데…… 이동은 어떻게 하고?

"그냥 지하철 타고 갔다 오게요."

고민하던 3팀장이 대답했다.

-그래. 알았어, 그럼 나중에 또 연락하자.

"예. 건강 잘 챙기세요, 환이 형한테도 안부 전해주시고요."

-고맙다.

3팀장에게 미리 이야기도 해둔 만큼 한수는 지하철 역사 안으로 들어섰다. 그는 지갑에 든 교통카드를 찍은 뒤 역사 아래로 내려왔다.

택시 정류장에 사람이 없던 것처럼 지하철 역사 안도 조용했다. 드물게 보이는 사람들을 보며 한수도 지하철이 들어오길 기다렸다.

전광판에 지하철이 들어오고 있다는 표시가 떴고 얼마 뒤지하철이 차근차근 역사 안으로 들어오기 시작했다.

한수는 성큼 지하철 안에 들어섰다. 운 좋게도 구석진 곳 끄트머리에 빈자리가 남아 있었다.

한수는 그대로 빈자리를 차지하고 앉았다. 그리고 지하철을 타고 이동하며 한수는 DMB를 꺼내서 아까 전부터 보고 있던 「Pop Nostalgia」 채널을 재차 보기 시작했다.

70년대에서 80년대 고전 팝송부터 시작해서 빌보드 상위권을 차지했던 명곡들까지.

눈이 즐겁고 귀가 즐거운 노래들이 수두룩했다. 그렇게 팝송의 세계에 정신없이 빠져들었을 때였다.

얼마나 시간이 지났을까. 웅성거리는 소리에 한수는 슬쩍 싱크로 상태에서 빠져나왔다.

그리고 그는 주변을 훑어봤다.

자신이 앉아 있는 자리와 조금 떨어진 곳에 적지 않은 여자들이 카메라를 든 채 서 있었다.

처음에는 노약자나 임산부인 줄 알았는데 그건 아니었다.

대부분 이십 대에서 삼십 대 여성들이었다.

한수는 슬쩍 주변을 둘러봤다.

곳곳에 빈자리가 있었다.

그런데도 이들은 자신 주변에서 좀처럼 비켜나질 않고 있었다.

"어? 눈치챘나 봐."

"근데 진짜 강한수 맞아?"

"맞다니까? 여기 올라온 사진하고 완전 똑같잖아."

"그건 그렇긴 한데…… 연예인이 지하철도 타고 다녀?"

"야, 연예인은 사람 아니냐? 저번에 보니까 박신우 찍사도 올라왔던데?"

"뭐? 박신우? 거기가 어딘데? 거기로 넘어가자."

한수는 그들이 떠드는 대화를 들으며 멋쩍게 웃을 수밖에 없었다.

배우 박신우는 떠오르는 뉴스타였다.

단막극에 여러 번 출연하며 연기력을 키운 그는 워낙 조각 같은 외모에 서글서글한 성격 그리고 오빠라기보다는 남동생으로 지켜주고 싶다는 보호 욕구를 자극하며 누나들의 이상형으로 자라나고 있었다.

실제로 나이도 그렇게 많은 편이 아니었다.

한수도 그의 이름을 들어본 적이 있었다. 워낙 요즘 떠오르는 배우였기 때문이다. 그뿐만 아니라 「하루 세끼」를 함께 찍은 승준이도 내심 박신우를 자신의 라이벌로 공공연히 이야기하곤 했었다.

물론 서현이는 슬쩍 귀띔해 주길 아직 승준이는 그 정도 급이 아니라고 하긴 했지만 둘 다 기대되는 유망주인 건 분명한 사실이었다.

어쨌든 여기 모인 사람들 모두 자신 때문에 모인 게 분명했다.

한수는 헛기침을 흘리며 슬쩍 자리에서 일어났다.

그가 일어서자 주변에 있는 여자들이 웅성거리는 소리가 귓가에 파고들었다.

"키 큰 거 봐."

"와, 몸 엄청 좋은 거 같아."

"넌 그게 보여?"

"네가 눈썰미가 없는 거야."

"근데 생각보다 훨씬 잘생겼는데?"

"그러게. 텔레비전보다 실물이 더 낫다."

재잘거리는 그녀들을 보며 한수는 지하철노선도를 확인했다.

이미 종로3가는 지난 지 오래였고 약수역이 바로 이번 역이었다.

여기서 갈아탄 다음 화랑대역까지 가야 했다.

그러는 사이 분위기를 눈치챈 몇몇이 한수에게 다가와서 말했다.

"강한수 씨 맞으시죠? 저 가능하면 같이 사진 찍어주실 수 있어요?"

"저도요."

"저도 좀 부탁드려요."

그러나 이미 지하철은 약수역에 도착해서 멈춰 서려고 있었다.

한수가 고개를 꾸벅 숙였다.

"죄송합니다, 제가 여기서 내려야 해서요."

그리고 한수는 곧장 지하철에서 내리자마자 환승을 위해 부리나케 뛰기 시작했다.

누구에게나 그렇겠지만 아직은 익숙하지 않은 그런 일이었다.

오랜만에 찾은 미라클 PC방은 별반 바뀐 게 없었다.

허름한 건물 2층에 입주한 옛 모습 그대로였다.

'생각보다 돈은 많이 못 벌었나?'

연락도 하지 않고 온 상태였다.

한수는 슬쩍 고개를 숙인 채 미라클 PC방 안으로 들어왔다. 생각보다 손님 수가 꽤 많았다. 예전에 비하면 괄목상대라는 말이 어울릴 정도였다.

한수는 눈을 비볐다. 그리고 몇몇 손님들 테이블 위에 올려져 있는 컵스테이크를 확인하고는 슬며시 미소를 지었다.

컵스테이크는 여전히 잘 나가는 모양이었다.

그때 카운터에 앉아 있던 여자 아르바이트생이 한수를 빤히 쳐다보며 물었다.

"뭐 필요하신 거 있으세요?"

한수가 고개를 돌렸다.

카운터에는 어여쁜 여자 아르바이트생이 서 있었다.

키도 크고 몸매도 좋고 얼굴도 예쁘장했다.

"사장님은 안 계세요?"

"사장님요? 사장님, 2호점 가셨는데요? 누구신데요?"

"2호점요? 2호점도 있어요?"

"예, 3호점까지 있는데……."

그녀가 말끝을 흐렸다.

한수는 얼떨떨한 얼굴로 그녀를 쳐다봤다.

성욱 형이 3호점까지 차렸다는 건 처음 듣는 이야기였다.

그냥 장사가 잘 된다는 이야기만 들었지 이렇게 잘 나갈 줄은 미처 몰랐다.

"정말 사장님하고 아는 사이 맞아요?"

그러는 사이 PC방 문이 열렸다. 그리고 성욱 형이 들어왔다.

"어, 사장님. 오셨어요?"

"그래, 그런데 이 손님은 왜? 무슨 일 있어?"

한수가 성욱을 등지고 서 있는 바람에 성욱은 아직 한수를 못 알아보고 있었다.

아르바이트생이 한수를 가리키며 말했다.

"사장님 찾아오신 분 같던데요?"

"뭐? 나를?"

한수가 고개를 돌렸다.

"형, 나야."

"어? 야! 강한수! 네가 여긴 어쩐 일이야?"

"강한수? 진짜 그 강한수 맞아요?"

덩달아 여자 아르바이트생까지 난리가 났다. 그녀도 여태 긴가민가하고 있던 상태였다.

그런데 평소 강한수하고 친분이 있다고 여러 차례 주장하던 성욱이 진짜 강한수가 맞다고 입증을 해준 셈이었다. 그녀 반응이 통통 튈 수밖에 없었다.

"내가 뭐랬어. 한수하고 친하댔잖아. 저 컵스테이크 소스도 한수가 개발해 준 거라니까."

"우와! 정말이었어요?"

"아니, 내가 기사도 보여줬잖아. 너는 여태 뭘 믿었던 거야? 아오, 한수 실물 보니까 이제 믿음이 가냐?"

"……그럴 수도 있죠. 와, 저 진짜 팬이에요! 사, 사인 좀 해주실 수 있어요?"

"너는 한수가 연락처 달라고 하면 연락처도 주겠다?"

"그것도 가능하죠. 사장님이 다리 놔주시게요?"

"……애 좀 봐. 여태 우리 가게 온 손님들이 연락처 달라고 할 때만 해도 남자친구 있다면서 튕겼었잖아."

"그거야 대부분 질척거리니까 그런 거죠. 어쨌든 저 사인 좀 해주세요."

그녀는 프린터기에 꽂아뒀던 A4 용지 한 장을 꺼내 한수 앞에 내밀었다.

그래도 자신의 팬이라는 말에 한수는 부담 없이 사인을 휘갈겨 쓴 다음 건넸다.

그녀가 폴짝 뛰며 좋아하는 모습이 보였다.

'팬이라는 게 있다면 이런 기분이려나?'

진심으로 좋아하는 그녀 모습에 한수도 밝게 웃었다.

그러는 사이 한창 게임에 집중하던 손님들이 하나둘 카운터 쪽을 바라보기 시작했다.

그들 대부분 여자 아르바이트생이 연신 웃으며 기뻐하고 있자 무슨 일이 있나 궁금증이 생긴 모양이었다.

"야, 자리 옮기자. 시끌벅적해지는 거 그렇잖아."

"좋아요. 어디 가요?"

"이리로 와."

성욱이 한수를 데리고 간 곳은 주방이었다.

PC방 한편에 자리 잡고 있는 주방은 예전 모습 그대로였다.

한수가 주방을 둘러보며 말했다.

"와, 오랜만에 여기 보니까 추억 돋네요. 진짜 그때 열심히 컵스테이크 개발하고 그랬는데."

"인마, 컵스테이크 먹으러 오는 손님도 많지만, 진아를 보러 오는 손님이 더 많아."

"진아? 아, 저 아르바이트생요?"

"그래, 우리 학교 후배인데 틈틈이 아르바이트 중이야. 쟤 때문에 매상이 꽤 많이 올라서 일부러 돈도 더 주는 중이고."

"하긴, 남자 꽤 꼬일 거 같긴 하더라고요."

한수가 고개를 끄덕였다.

충분히 저 여자애 때문에라도 남자애들이 이 PC방을 자주 찾을 것 같았다.

PC방은 물론 카페도 잘생긴 남자나 예쁜 여자 아르바이트 생을 쓰려고 하는 게 다 그런 이유에서다.

외모도 경쟁력이 되는 시대.

성욱이 한수를 슬쩍 쳐다보며 말했다.

"네가 연예인이 될 줄은 생각지도 못했는데 진짜 참 이렇게 봐도 신기하긴 하다. 진아, 저 여자애가 널 바로 알아보는 것 도 그렇고."

"형이 나하고 친하다면서 자랑했다며요."

"그와 별개로 한 번 보고 바로 알아본다는 건 그만큼 네가 인지도가 높다는 거겠지. 연예인한 지 일 년 만에 그렇게 유 명해진다는 게 쉬운 일도 아니잖아."

실제로 한수는 다른 연예인들에 비해 훨씬 더 가파른 성장 세를 보이고 있었다.

정말 많은 예능 프로그램에 출연하며 자신만의 독보적인 영역을 구축하고 있었기 때문이다.

"그보다 형, 2호점하고 3호점까지 냈어요?"

"어, 요새 장사가 꽤 잘 돼. 아까는 진아 덕분이라고 했지 만, 그보다는 네 컵스테이크 먹으러 오는 손님이 꽤 많아. 방 학 때는 많이 줄긴 하지만 개학하면 귀신같이 복구되니까."

"다행이네요. 형 하는 일에 도움이 돼서 정말 좋네요. 하하."

"차곡차곡 네 통장에 로열티 넣고 있는 거 알지? 확인해 봤어?"

"아, 요새 워낙 바빠서 확인을 못 했죠. 나중에 한 번 확인해 볼게요."

"그래. 깜짝 놀랄걸? 그보다 너는 이제 방송 출연 안 하는 거야? 「하루 세 끼」 다음에 또 출연한 거 없어?"

"그거 후속작에도 나와요. 「무엇이든 만들어드려요」라는 프로그램이에요. 그것 말고는 「쉐프의 비법」에도 나올 예정이고요."

"와, 진짜 잘 나가네."

한수가 멋쩍게 웃었다.

바로 내일 「마스크싱어」 촬영도 예정되어 있지만 그건 이야기하지 않았다.

외부 발설은 금지되어 있기 때문이다.

그래도 오랜만에 만난 성욱이 잘 나간다는 이야기를 듣자 여러모로 기분이 흥겨웠다.

그렇게 근황 이야기가 오고 간 뒤 한수는 연락을 받고 온 김 실장의 밴을 타고 집으로 돌아올 수 있었다.


그리고 다음 날인 화요일.

고대하고 있던 「마스크싱어」 촬영 당일이 되었다.

격주 화요일은 「마스크싱어」 촬영이 있는 날이었다.

한수는 김 실장과 함께 일산에 위치한 UBC 드림센터로 향했다.

오전 일찍 도착하자 제작진이 대기실로 두 사람을 안내했다.

그러면서 작가진 한 명이 김 실장에게 잘 포장된 봉투 하나를 건넸다.

김 실장이 봉투를 작가한테 받은 다음 한수를 보며 물었다.

"한수야, 이건 뭐냐?"

"아, 그거 제가 써야 하는 마스크에요."

그 날 김 실장은 UBC에 한수를 내려준 다음 먼저 떠났기 때문에 마스크를 미처 못 본 상태였다.

"한번 봐도 돼?"

"어차피 봐야 할 건데 보세요."

김 실장이 봉투를 풀었다. 그리고 아수라 가면을 확인한 그가 눈을 휘둥그레 떴다.

"이건 뭐야? 얼굴이 네 개 달렸네?"

"아수라 가면이에요. 김 피디님 말로는 제가 모창을 워낙 잘하니까 그 가면을 제작해 준 거라는데…… 뭐, 믿거나 말거나겠죠. 어때요? 폼나요?"

"캬, 누가 봐도 딱 악당 가면인데? 가왕을 물리치기 위해 나타난 마왕, 그런 컨셉인 거야?"

"……."

한수는 김 실장을 빤히 노려봤고 김 실장이 쩔쩔매며 말했다.

"미안. 놀릴 생각은 아니었어, 그냥 재미 삼아 한 말이야."

"알아요. 녹화는 언제 시작이래요?"

"아마 세 시부터 시작일걸?"

"한 다섯 시간 남짓 남았네요."

"어, 근데 너는 목 안 푸냐?"

"이제 슬슬 풀어야죠. 이따가 리허설 한다고 하면 알려줘요."

"알았어, 방해 안 할게."

"고마워요."

한수는 김 실장을 내보낸 다음 방에 홀로 앉아 오늘 불러야 할 세 곡을 머릿속에 그려내며 천천히 숨을 고르기 시작했다.

1라운드에서 떨어진다는 생각은 하지 않았다. 2라운드도 마찬가지였다. 3라운드나 가왕전 역시 마찬가지였다.

컨디션은 최상이었고 목 상태도 훌륭했다. 게다가 선곡도 좋았다.

경연 무대에서는 최고의 평가를 받을 수 있는 노래로만 구성한 상태였다.

이왕 「마스크싱어」에 출연한 이상 그래도 가왕까지는 해 먹어야겠다고 생각했기 때문이다.

한수는 결심을 굳혔다.

이왕 「마스크싱어」에 나온 거, 가왕이 되어보겠다고.

제작진들은 분주하게 움직이고 있었다.

두 시부터 입장해야 할 관중들을 생각하며 녹화 무대를 다시 한번 점검하는 사람도 있었고 서약서를 챙기는 스태프도 있었다.

메인 피디 김명진은 곧 하게 될 리허설을 생각하며 최종적으로 무대를 점검했다.

"출연자들은 다 도착했지?"

"예, 다 도착했어요."

"리허설 준비는?"

"바로 시작해도 됩니다."

"좋아. 첫 무대는 누구부터지?"

"불꽃슛 통키랑 얼음공주 눈꽃 소녀예요."

"오케이, 대기실로 사람 보내서 리허설 시작한다고 알려. 너는 음향 체크 다시 한번 해보고. 오늘 무대도 차질 없이 준비하자고."

"예."

"자자, 빠릿빠릿하게 움직여."

그렇게 첫 번째 팀부터 차례차례 리허설을 시작했다.

첫 팀 무대가 끝이 난 뒤, 김명진 피디가 다른 스태프들을 돌아보며 물었다.

"어때? 누가 오를 거 같아?"

"당연히 얼음공주 눈꽃 소녀죠."

"진짜 노래 장난 아니네요."

"그럼, 섭외하느라 장난 아니었는데 이 정도는 해줘야지."

김명진 피디가 뿌듯한 미소를 지었다.

얼음공주 눈꽃 소녀.

그녀의 정체는 권지연이었다.

시작부터 시종일관 상대를 압도한 그녀는 폭발적인 성량과 사람의 마음을 홀리는 음색을 보여주며 이 자리에 있는 스태프들의 혼을 쏙 빼어놓았다.

'아마 한동안 그녀가 가왕 자리를 유지하겠지. 그동안 이래 저래 화제성이 오를 테고. 생각만 해도 짜릿하군.'

김명진 피디 입가가 씰룩거렸다.

누가 봐도 그가 기분 좋다는 걸 알 수 있었다.

그러는 사이 두 번째 팀 무대도 끝이 났고 세 번째 팀 무대까지 끝이 났다.

가왕전에 도전할 여섯 명의 참가자 무대가 모두 끝난 상태에서 이제 네 번째 팀 무대 리허설이 준비됐다.

어느새 시간은 훌쩍 지났고 시계는 열두 시 반을 가리키고 있었다.

"이제 마지막 팀입니다."

"마지막 팀이 누구…… 아, 그래. 그 팀이지."

김명진 피디가 눈매를 좁혔다.

마지막 팀에는 그가 속해 있었다.

"노래하고 싶은 꾀꼬리 소녀하고 위풍당당 아수라 백작입니다."

"그래, 리허설 준비됐다고 알리고 와."

"예."

스태프들이 그들 대기실로 빨빨거리며 뛰어갔다.

그리고 얼마 뒤 두 사람이 무대에 올라왔다.

노래하고 싶은 꾀꼬리 소녀하고 위풍당당 아수라 백작이었다.

두 사람이 무대에 선 뒤 리허설이 시작됐다.

적당히 힘을 빼서 노래를 부르는 동안 마이크 테스트와 각종 음향 장비 점검이 이어졌다.

한수는 인이어를 확인하며 마이크 상태도 점검했다.

그것뿐만 아니라 지금 쓰고 있는 마스크 때문에 불편한 점이 없는지 그것도 최종적으로 확인을 끝냈다.

그렇게 듀엣으로 노래를 부른 뒤 노래하고 싶은 꾀꼬리 소녀가 먼저 1라운드를 통과했을 때와 2라운드를 통과했을 때 부를 노래를 한 번씩 불러보기 시작했다.

그녀가 노래를 끝낸 뒤 그다음 노래를 부른 건 한수였다.

김명진 피디는 걱정 반 기대 반으로 한수가 노래 부르는 모습을 바라봤다.

"이 참가자도 노래 잘하네요."

"누구지? 가수는 분명한데……."

"아이돌 같진 않죠?"

"그러게, 노래 참 잘하네."

한수 역시 두 곡을 더 불렀다.

김명진 피디는 한수의 노래가 끝이 났을 때 살짝 한숨을 내쉬었다.

그 역시 노래를 잘 부르는 건 맞았지만 그래도 권지연에 비할 바는 아니었다.

이 정도면 권지연이 가왕이 되는 건 사실상 확정적이라고 봐야 했다.

물론 김명진 피디는 한수가 가왕이 되어도 나쁘지 않다고 생각 중이었다. 그 역시 화제성만 놓고 보면 권지연 못지않았으니까.

그러나 그래도 인지도 면에서는 권지연이 여러모로 한수보다 앞서는 게 사실이었다.

게다가 권지연이 또 「마스크싱어」에 나올 거라는 보장은 없었다.

그렇다 보니 지금 이 기회를 제대로 살리고 싶은 게 그의 속마음이었다.

그렇게 리허설이 끝난 뒤 2시가 되면서 관중들이 입장할 준비를 했다. 그들은 서약서를 쓰고 서명을 한 다음 차례차례 입장을 시작했고 각자 주어진 자리에 앉으면서 오늘의 「마스크싱어」 무대를 기대했다.

그리고 모든 준비가 끝난 뒤 「마스크싱어」 녹화가 시작됐다.

「마스크싱어」 1라운드 첫 무대는 불꽃숏 통키와 얼음공주 눈꽃 소녀의 듀엣곡이었다.

능수능란한 MC 김태주의 소개와 함께 무대에 올라온 두 사람은 곧장 마이크를 쥔 채 노래를 불렀다.

1절이 끝나고 2절이 끝나가면서 노래를 듣고 있던 관중들은 믿을 수 없다는 얼굴로 무대 위를 바라보고 있었다.

그러나 그들의 시선이 향한 곳은 단 한 곳이었다.

얼음공주 눈꽃 소녀.

대다수의 사람들이 그녀를 바라보고 있었다.

노래가 끝났지만 웅성거림은 줄어들질 않았다.

「마스크싱어」패널들도 적잖게 놀란 듯했다.

"혹시 그 사람 맞아요?"

"그럴 리가요. 요새 앨범 준비한다고 바쁜 걸로 아는데."

"다른 가수 아닐까요?"

"근데 저 정도 음색의 가수는 흔치 않아요. 그래서 더 믿어지지 않는 거고요."

"······들리는 말에는 얼마 전 TBC 신작 예능에 나온 적이 있다고 하더라고요. 앨범 발매 앞두고 예능 출연 중인 거 아닐까요?"

패널들이 수군거리는 가운데 MC 김태주가 그들을 진정시켰다.

"자자, 다들 진정하시고. 투표가 끝났다고 하니 여러분 소감을 들어보도록 하겠습니다."

메인 피디 김명진이 마이크로 MC 김태주와 패널 중에서도 가장 음악적인 견해가 뛰어난 패널에게 말을 전달했다.

"태주형, 진영 씨한테 제일 먼저 말 걸어줘요. 진영 씨, 감탄사 섞어주면서 띄워줘요. 아마 오늘 불가해한 일만 일어나지 않는다면 유력한 가왕이 되실 분이거든요."

한진영이 슬쩍 카메라를 쳐다봤다가 속닥였다.

"피디님, 권지연 씨 나온 거 맞아요?"

"그건 밝힐 수 없고요. 어쨌든 최대한 띄워주세요. 그래야 확실하게 인상을 심어둘 수 있다니까요. 고작 1라운드 때문에 그런 게 아닌 거 알고 계시죠?"

"휴, 알죠. 알았어요. 지금 띄우기 들어갑니다."

김명진 피디는 손을 꽉 움켜쥐었다.

그가 한 말대로 진영을 필두로 사람들이 그녀를 한껏 띄워 줬다.

그녀는 연신 고개를 숙이며 고마움을 표했다.

그녀와 함께 노래를 부른 남자한테도 몇 차례 호의적인 이야기가 오고 가긴 했다.

그러나 권지연에 비해서는 반응이 다소 약한 게 사실이었다.

그렇게 칭찬이 줄을 잇는 가운데 장기자랑은 뭔지 묻는 질문도 오고 갔다.

그 질문에 권지연이 선뜻 장기자랑으로 내세운 건 팬터마임(Pantomime)이었다.

그리고 권지연은 조금 어수룩한 모습으로 팬터마임을 선보였고 폭소가 터져 나왔다.

MC 김태주가 그녀를 보며 물었다.

"얼마나 준비하셨어요?"

"……어, 보름 정도 준비했어요."

"하하, 그래도 노력 많이 하셨네요. 다들 박수 좀 부탁드립니다."

몇몇 남자 청중들은 그녀를 보며 귀엽다는 말을 연발했다.

이것 모두 김명진 피디가 예측하고 미리 준비해 둔 것이었다. 그녀를 다음 가왕으로 만들기 위해 깔아놓은 떡밥이라고 할 수 있었다.

그렇게 장기자랑도 끝이 난 뒤 투표가 모두 집계됐다.

미리 투표 결과를 확인한 김명진 피디가 눈을 빛냈다.

여기까지 모든 건 계획대로 진행되고 있었다. 투표 결과는 명확하게 나타났다.

90 대 9.

딱 열 배였다. 얼음공주 눈꽃 소녀가 불꽃숏 통기를 압도적으로 찍어 누른 것이었다.

"이 정도면 가왕도 무난히 가능하겠지?"

"충분하지 않을까요? 이렇게 압도적인 표 차이는 정말 오랜만이에요."

오래전 9연승까지 성공하고 10연승에서 무너졌던 가왕.

그때 그가 3라운드 당시 만들었던 표 차이가 91 대 8로 가장 압도적인 차이였었다.

그리고 그가 가왕이 되고 승승장구하면서 「마스크싱어」도 덩달아 최고의 호재를 누렸었다.

그러나 지금은 그 기세가 다소 누그러진 감이 있었다. 그렇게 1라운드 첫 번째 팀 무대가 끝이 났다.

그 이후 녹화가 계속해서 이어졌다. 두 번째 팀도 끝나고 세 번째 팀도 끝이 났다.

이제 네 번째 팀 차례였다. 관중들 분위기도 최고조로 달아올라 있었다.

MC 김태주가 네 번째 팀을 소개했다.

"이제 1라운드 마지막 무대입니다. 노래하고 싶은 꾀꼬리 소녀님하고 위풍당당 아수라 백작님입니다!"

그리고 두 사람이 통로에서 사이좋게 걸어오기 시작했다.

딱 봐도 여리여리해 보이는 체격의 노래하고 싶은 꾀꼬리 소녀가 사람들 시선을 한눈에 사로잡았다.

패널 중 고정으로 출연 중인 박구철이 중얼거렸다.

"딱 봐도 아이돌인데? 안 그래요?"

"뭐, 그건 모르죠. 근데 몸매만 놓고 보면 아이돌 같긴 하네요."

"남자도 키 크네요. 근데 가면이 되게 독특하게 생겼어요."

실제로 다른 사람들도 그 가면을 보며 놀라고 있었다. 그러는 사이 자리에 선 두 사람이 곧장 무대를 시작했다.

먼저 노래를 시작한 건 위풍당당 아수라 백작이었다.

***나 그대의 눈을 바라보면.***

그 순간 패널들이 눈을 휘둥그레 뜨며 그 무대에 집중했다.

김명진 피디가 침을 꿀꺽 삼켰다. 그리고 4분 20초 동안 여기 모인 모든 사람을 휘어잡은 무대가 끝이 났다.

투표가 집계되기 시작했다.

MC 김태주가 두 사람과 시답잖은 이야기를 나누는 동안 김명진 피디가 제일 먼저 투표 결과를 확인했다.

그리고 투표 결과를 확인한 김명진 피디가 입술을 깨물었다.

# CHAPTER 2

김명진 피디는 떨리는 목소리로 재차 물었다.

"이 집계 결과 사실이야?"

"예, 문제없다는데요?"

"……미친."

그는 다시 한번 투표 결과를 확인했다.

94 대 5.

단 5표.

노래하고 싶은 꾀꼬리 소녀가 얻은 표 수다. 그는 입술을 깨물었다.

오늘 녹화된 건 다다음 주에 방송을 타게 된다. 그리고 다다음 주에 방송되는 건 1라운드 무대 하나뿐이다.

총 네 번의 무대를 보게 되니까.

그런 다음 3주 뒤에 2라운드 무대, 3라운드 무대 그리고 가왕전까지 이어지게 되어 있다. 즉 다다음 주에 방송을 타는 건 이번 1라운드 하나뿐이다 보니 여기서부터 얼음공주 눈꽃 소녀에 대한 인지도를 끌어올릴 필요가 있었다.

그랬기 때문에 압도적인 표 차이가 나길 원했고 실제로도 그렇게 표 차이가 발생했다.

90 대 9.

아마 이게 방송을 타게 되면 각종 포털 사이트 뉴스에 그녀의 별칭이 화제가 되어 보도될 테고 그렇게 되면서 여러모로 관심을 적잖게 끌어올 게 분명했다.

그가 노리는 바도 그것이었다. 하지만 졸지에 같은 주차에, 같은 라운드에서 더 큰 표 차이가 나고 말았다.

눈살을 찌푸리고 있는 김명진 피디와 다르게 녹화 현장을 보고 있는 제작진들은 화면을 바라보며 눈을 휘둥그레 뜨고 있었다.

"와, 진짜 장난 아니네."

"조금 전 누구였어?"

평소 록에 관심 많은 스태프 한 명이 떨리는 목소리로 중얼거렸다.

"로버트 플랜트라고? 말도 안 돼."

김명진 피디가 그들을 돌아보며 물었다.

"도대체 무슨 일인데 그래?"

"그게 저…… 태주 형이 장기자랑이 뭐냐고 물어봐서 저기 위풍당당 아수라 백작이 모창 잘한다고 하더라고요. 그래서 태주 형도 평소 록 장르 엄청 좋아하잖아요. 그래서 자신이 알 만한 록 가수 노래해 줄 수 있냐고 했죠."

"그래서?"

김명진 피디가 고개를 갸웃거렸다.

그가 알기로 위풍당당 아수라 백작, 강한수는 외국 팝송은 못 부르는 걸로 알고 있다.

'그럼 국내 록 노래를 부른 건가?'

문제는 국내 록을 불렀을 경우 저작권이 복잡하다는 데 있다.

실제로 저작권이 확보 안 된 음악도 꽤 많다.

"저작권 확인해 봤어?"

"아, 예."

"누구 노래 부른 건데? 임태호? 장석길?"

그때 록에 관심이 많던 스태프가 황당한 얼굴로 김명진 피디를 쳐다보며 소리쳤다.

"아뇨. 로버트 플랜트였다고요! 로버트 플랜트요!"

"뭐? 누구? 로버트 플랜트가 누군데 그래? 잠깐만. 설마 내가 아는 그 로버트 말하는 거야?"

스태프가 고개를 끄덕였다.

김명진이 불신 어린 얼굴로 그를 바라봤다.

분명히 강한수는 외국 팝송은 모창을 못 할뿐더러 잘 못 부른다고 스스로 밝힌 적이 있었다.

"영상 다시 틀어 봐. 나머지는 녹화 집중하고. 이거 끝나는 대로 방청객들 저녁 먹을 거 나눠주는 거 잊지 마."

"예, 알겠습니다."

김명진 피디는 이승수 피디한테 전권을 위임한 다음 헤드셋을 꼈다. 그리고 조금 전 녹화된 장면을 재차 돌려보기 시작했다.

김명진 피디가 집계 결과를 받아들고 곤혹스러워할 무렵이었다.

김태주가 두 사람을 서로 인사시킨 다음 자질구레한 것들을 물어보는 장면이 보였다.

"노래하는 꾀꼬리 소녀님한테 궁금한 거 없나요?"

패널 한 명이 번쩍 손을 들어 올렸다.

"몸매 관리 비법이 어떻게 되세요?"

아이돌만 나오면 사족을 못 쓰는 양반이다.

그런데 꾀꼬리 소녀는 누가 봐도 여리여리하고 가녀린 몸매를 뽐내고 있다.

눈알이 돌아갈 수밖에 없을 것이다.

시답잖은 이야기가 오고 가는 가운데 MC 김태주가 능수능란하게 진행을 이어갔다.

그러면서 그가 한수를 돌아보며 물었다.

"위풍당당 아수라 백작님, 장기자랑이 있다고 들었는데요."

"예, 모창을 조금 할 줄 압니다."

"모창이요? 오, 되게 기대되는데요. 혹시 정체가 들통 날 수도 있으니까 조금만 부탁드려도 될까요?"

"알겠습니다. 누구 노래를 원하시나요?"

패널들이 저마다 떠들어댈 때 MC 김태주가 은근슬쩍 자신의 취향을 밝혔다.

"하하, 다들 아시겠지만 제가 워낙 록을 좋아해서요. 이번에는 제가 한번 신청해 보겠습니다. 어떤 거든 상관없으니 록 장르도 가능할까요?"

그 말에 위풍당당 아수라 백작이 흔쾌히 고개를 끄덕였다.

그러더니 반주 없이 천천히 노래를 시작했다.


*There's a lady who's sure all that glitters is gold.*


서정적인 가사와 함께 맑고 고운 음색이 그 뒤를 쫓았다.

동시에 위풍당당 아수라 백작이 부르는 노래를 듣는 사람들이 귀를 쫑긋 세웠다.

패널 중에서 김태주 못지않게 록을 사랑하는 록보이 임현수도 그대로 자리에서 일어났다.

그는 눈을 끔뻑거리며 위풍당당 아수라 백작을 바라봤다.

'이게 말이 돼?'

마치 그런 표정을 하고 있는 임현수를 카메라가 정확하게 잡아냈다.

그리고 한수가 2소절까지 부른 뒤 마이크를 내렸을 때.

김태주가 한숨을 길게 토해냈다.

그는 복잡 미묘한 얼굴로 한수를 쳐다봤다.

그러다가 머뭇거리던 그가 입을 열었다.

"어휴, 진짜…… 아까 누가 이분 보고 미쳤다고 했죠?"

잠시 머리를 휘휘 젓던 김태주가 재차 말했다.

"이분 미치신 거 맞네요. 와…… 임현수 씨 어떠셨어요?"

몸이 근질근질한 듯 이리저리 비비 꼬고 있는 임현수를 향해 김태주가 말을 건넸다.

그러자 임현수가 냉큼 기다렸다는 듯 옆에서 마이크를 건네받으며 소리쳤다.

"저기 위풍당당 아수라 백작님? 도대체 누구십니까? 와, 저 진짜 로버트 플랜트가 이 자리에 서서 노래하는 줄 알았습니다. 어떻게 그게 가능한 거죠? 제작진이 혹시 CD 틀어놓은 거 아닙니까?"

위풍당당 아수라 백작이 고개를 저었다.

김태주가 눈살을 찌푸렸다.

"전혀 아닙니다. 그랬으면 반주를 당연히 깔았겠죠."

위풍당당 아수라 백작이 부른 노래는 Stairway To Heaven 이었다.

로클론 명예의 전당 헌액자이자 록 역사상 가장 위대한 밴드 중 하나로 손꼽히며 70년대 하드 록과 헤비메탈의 신화라고 불리는 밴드, 레드 제플린(LED ZEPPLIN).

그리고 그들이 부른 전설적인 명곡 중에서도 불후의 명곡으로 손꼽히는 노래, 제목이 없는 앨범이라고도 불리는 Led Zepplin 4집 앨범의 수록곡이자 로버트 플랜트가 무아지경에 빠져 정신없이 써 내려간 노래이기도 하다.

임현수는 장황하게 자신이 아는 레드 제플린에 대해 소개를 늘어놓더니 헐떡거리며 입을 열었다.

"허억, 허억. 그런데 도대체 당신은…… 저 혹시 외국에서 살다 오신 분인가요?"

"전혀 아닙니다."

"믿어지지 않습니다. 설마하니 제가 이 노래를 듣게 될 줄은 생각지도 못했어요. 그래서 말인데 완창까지 해주시면…… 너무 무리한 부탁이겠죠?"

한수가 그 말에 멈칫했다.

8분 2초짜리 노래다.

애초에 완곡은 불가능한 이야기다.

임현수나 김태주가 듣고 싶은 건 절정 부분이겠지만 그럴 수는 없었다. 아쉬움을 토로하는 두 사람을 뒤로 한 채 장기 자랑이 끝났고 투표 결과가 발표됐다.

결과는 94 대 5.

무려 89표 차이.

김명진 피디가 한숨을 내쉬었다.

예상대로라면 얼음공주 눈꽃 소녀가 불꽃슛 통키를 상대로 81표 차이를 내며 화제의 인물로 올라설 줄 알았다.

그래야만 했다. 하지만 상황이 뒤틀려버렸다. 89표라는 어마어마한 차이가 나버렸다.

그 와중에 위풍당당 아수라 백작이 먼저 대기실로 들어갔다.

홀로 남은 노래하고 싶은 꾀꼬리 소녀에게 카메라 앵글이 돌아갔다. MC 김태주가 꾀꼬리 소녀를 안타까운 눈길로 보다가 입을 열었다.

"그럼 노래하고 싶은 꾀꼬리 소녀님이 준비한 2라운드 노래 불러주시면 되겠습니다. 아쉽지만 정말 고생 많이 하셨습니다."

그렇게 노래하고 싶은 꾀꼬리 소녀는 2라운드에 진출했을 때 부르기로 했던 노래를 열창했다. 그리고 1절이 끝난 뒤 그녀가 가면을 벗고 얼굴을 공개했다.

그녀는 배우 이소하였다. 요즘 뜨고 있는 신인 배우로 원래 아이돌로 데뷔할 뻔했지만 그게 무산되면서 배우가 된 케이스다. 그러나 연기에 대한 열정이 남다를 뿐 아니라 기본적인 재능도 타고난 덕분에 그녀는 명품조연이라는 이야기를 들을 만큼 호평을 받으며 인지도를 차곡차곡 쌓아가고 있었다.

원래 아이돌을 준비했지만, 소속사가 망하는 바람에 데뷔하지 못했고 연예계를 떠날까 하다가 오디션을 보게 된 뒤 극적으로 붙어서 제2의 인생을 살게 된 것.

배우 이소하가 자신의 사연을 풀어내고 무대에서 내려왔다. 스태프들이 카메라를 들고 그녀에게 따라붙었다.

이제 그녀의 인터뷰를 따야 했다.

"고생 많으셨습니다. 인터뷰 좀 부탁드릴게요."

그녀가 카메라를 보며 칭얼거렸다.

"아, 진짜! 너무한 거 아니에요? 어떻게 다섯 표밖에 안 줄수 있어요? 이 정도까지 차이 날 줄은 몰랐는데……. 위풍당당 아수라 백작님이 도대체 누구예요? 알려주시면 안 돼요?"

그녀가 고양이 눈망울을 한 채 카메라를 매고 있는 스태프를 빤히 쳐다봤다.

하지만 출연자들의 정체는 피디 몇 명과 작가 몇 명만 아는 극비정보였다. 그도 위풍당당 아수라 백작이 누군지 너무나도 궁금했지만, 그가 누군지 전혀 모르고 있었다.

"……오늘 무대 소감이 어떠세요?"

"어떻긴요. 위풍당당 아수라 백작님한테 푹 빠져서 불렀어요."

"호감 표시하시는 건가요?"

"여자였으면 누구라도 그 목소리에 매료될 수밖에 없었을 거예요. 위풍당당 아수라 백작님! 꼭 가왕되세요!"

자신을 탈락시켰는데도 환하게 웃으며 말하는 그 모습에 카메라맨은 그녀가 4차원인 것 같다는 생각이 들었다. 그리고 실제로 그녀는 4차원이었다.

한편 1라운드 모든 무대가 끝난 뒤 쉬는 시간이 되었다.

「마스크싱어」스태프들이 벌써 다섯 시간 넘게 녹화 중인 방청객들을 향해 먹을 것을 나눠줬다. 밥버거와 음료수, 빵 등이 제공됐고 방청객들은 허기를 채우며 담소를 나눴다.

"오늘 가왕이 바뀔까?"

"바뀔 수도 있을 거 같아."

밥버거를 나눠주던 스태프가 귀를 쫑긋 세웠다.

그들은 스태프를 뒤로 한 채 밥버거를 한 입 베어 물며 말했다.

"누가 될 거 같은데?"

"위풍당당 아수라 백작. 아까 진짜 소름 돋았잖아. 와, 진짜 표 차이가 그렇게 벌어진 게 납득이 가."

"음, 얼음공주 눈꽃 소녀는 어때? 눈꽃 소녀도 괜찮지 않아?"

"눈꽃 소녀도 듣기 좋았는데 나는 위풍당당 아수라 백작이 더 좋았어. 뭐, 2라운드나 3라운드 무대도 남아 있으니까 좀 더 들어봐야 하지 않을까?"

"하긴, 아직 두 번 더 들을 수 있는 거네. 아, 근데 진짜 다들 노래 잘한다. 그렇지?"

"오늘 정말 오길 잘한 거 같아."

"나도, 다음번에 또 오자."

"그래야지."

스태프는 밥버거를 전부 다 나눈 뒤 회의실로 들어왔다.

제작진들도 근처 편의점에서 사 온 도시락으로 대충 끼니를 때우고 있었다.

"다 돌리고 왔어? 이거 먹어둬."

"예, 감사합니다."

"방청객들 반응은 어때?"

김명진 피디가 FD를 보며 물었다.

조금 전까지 방청객들한테 밥버거와 음료수를 돌리고 온 FD가 미간을 좁히며 말했다.

"위풍당당 아수라 백작이 가장 인기가 높아요. 얼음공주 눈꽃 소녀도 나쁘지 않은데 아까 전 무대 때문에 반응이 확 뒤집혔어요."

"골치 아프게 됐네. 알았다, 밥 먹어둬. 야, 두 사람 셋리스트 갖고 있으면 가져와 봐."

"여기요!"

스태프 한 명이 서류철을 김명진 피디에게 건넸다.

그는 서류철을 뒤적이다가 오늘 두 사람이 2라운드 및 3라운드에서 부를 셋리스트를 확인했다. 그리고 셋리스트를 본 김명진 피디가 눈살을 찌푸리며 머리를 잡아 뜯었다.

상황이 자신이 생각하는 것과는 영 딴판으로 굴러가고 있었다.

김명진 피디가 이승수 피디를 불렀다.

"승수야, 이야기 좀 하자."

"어? 곧 녹화 들어가야 해. 왜?"

방청객들에게 주어지는 저녁 시간은 삼십 분 남짓이다.

그러나 제작진들에게 주어지는 시간은 이십 분이다.

방청객들보다 한발 앞서 준비를 해야 하기 때문이다.

하지만 김명진 피디의 태도는 요지부동이었다.

이승수 피디는 먹다 남은 도시락을 내버려 둔 채 김명진 피디를 쫓았다.

옥상으로 올라온 뒤 김명진 피디가 주머니에서 담배를 꺼내 물었다.

"후."

이승수 피디가 그런 김명진 피디를 쳐다보며 물었다.

"왜 그래? 뭔 일 있어?"

"방청석 반응이 우리 생각과는 정반대로 흘러가고 있어."

"정반대? 어떤 식으로 흘러가는 중인데?"

"애초에 우리 목적은 얼음공주 눈…… 아니, 권지연을 가왕으로 만드는 거였잖아."

"응, 그랬지."

이승수 피디가 고개를 끄덕였다.

그들은 권지연을 가왕으로 만들고자 했다.

가왕으로 만들고자 한 이유는 그녀가 갖고 있는 인지도나 희소성 때문이었다.

사람들은 아이돌 출신 가수는「마스크싱어」에 나올 수 있다고 생각한다. 이미 적지 않은 아이돌 출신 가수들이「마스크싱어」에 나왔고 개중에서는 아이돌에 대한 편견을 깨부순 사람도 많이 있다. 배우나 운동선수도 나올 수 있다고 생각한다.

그런 점에서 그들은 희소성이 떨어지는 편이다.

반면에 이미 톱스타를 넘어서서 국민가수로 불리는 조윤필이나 이상희, 국보급 보컬리스트인 임태호, 한류스타 윤환 등은 「마스크싱어」에 나올 거라고 생각하지 않는다.

이미 그들은 이름값이 높은 탓에 「마스크싱어」에 나와 봤자 득될 일이 없기 때문이다.

사람들은 그들이 노래를 잘 부르는 걸 알고 있고 그런 탓에 그들은 「마스크싱어」에 나와서 자신이 노래 잘 부른다는 걸 증명할 필요가 없다.

괜히 나와서 1라운드에서 2라운드에 탈락했다가는 본전도 못 찾고 창피하기만 할 뿐이다.

그들에게 「마스크싱어」는 나와서 가왕해야 본전을 하는 무대인 셈이다.

권지연도 그러했다.

나이는 앞서 말한 사람들보다 훨씬 어리지만 이미 그녀는 독보적인 영역을 구축한 데다가 새로운 음반이 나올 때마다 음원사이트에서 줄 세우기를 하고 평론가들도 극찬하는 등 대중과 평단 양쪽 모두에서 인정을 받고 있다.

그런 상황에서 그 누구도 그녀가 「마스크싱어」에 나올 거라는 생각은 하지 못할 게 분명했다.

김명진 피디가 노린 건 그거였다.

"근데 방청객들 반응이 안 좋은 쪽으로 흘러가고 있어. 권지연도 나쁘진 않지만 강한수가 더 낫다고 생각하는 모양이야."

"그래서? 설마 권지연을 가왕으로 올리기 위해 조작이라도 해야 한다는 건 아니겠지?"

"인마, 너는 뭘 또 그렇게 극단적으로 받아들이냐? 그런 뜻 아닌 거 알잖아. 그렇다 보니 걱정이라는 거야. 권지연이 3라운드에서 떨어질 수도 있잖아."

그러자 이승수 피디가 오히려 다른 견해를 내놓았다.

"나는 권지연이 떨어져도 문제없을 거라고 생각하는데?"

"어? 왜?"

"이미 패널들이 누군지 눈치채기 시작하고 있어. 그 정도로 권지연의 음색은 유니크한 편이잖아."

"어, 음. 그건 그렇지."

"그런데 강한수는 아직 눈치챈 사람이 한 명도 없어. 누구도 위풍당당 아수라 백작이 누군지 알아맞히질 못하더라고."

"그래?"

"그래. 그러니까 차라리 신비주의 컨셉으로 해서 강한수 씨가 가왕이 되는 것도 나쁘지 않을 거라고 생각해."

"강한수를 가왕으로?"

김명진 피디는 강한수와 권지연을 저울에 올려놓고 무게를 달아보기 시작했다.

권지연은 시청률을 끌어올리기에 나쁘지 않은 카드다.

일단 그녀의 팬이 어마어마하게 많다.

특히 충성심 높은 팬들이 많다.

그뿐만 아니라 그녀가 가지는 희소성 때문에 시청자들을 안방 앞으로 끌어올 가능성이 크다.

하지만 가만히 생각해 보면 강한수도 나쁜 카드는 아니다. 인지도가 떨어지고 팬이 많지 않다는 건 아쉬운 일이지만 권지연을 꺾고 가왕마저 꺾는다면?

그가 누군지 정체를 밝히기 위한 추측들이 꼬리에 꼬리를 물고 이어질 것이다.

하지만 위풍당당 아수라 백작이 강한수인 걸 아는 사람은 몇 없다. 기껏해야 「마스크싱어」 제작진 몇몇과 구름나무 엔터테인먼트의 임원 몇몇 그리고 엘레인 엔터테인먼트 사람들 몇몇 정도가 전부다.

그들만 입단속을 시키면 강한수는 꽤 오랜 시간 가왕의 자리를 유지할 수 있을 테고 그렇게만 된다면 가왕이 누군지 궁금해서라도 방송을 보는 사람들이 늘어나게 될 수 있다.

지난번 9연승을 일궈내며 「마스크싱어」 전성기를 구가했던 음악대장, 또 한 번 그때처럼 제2의 전성기를 열게 될 수도 있다.

물론 어디까지나 이건 장밋빛 전망에 불과했다.

오히려 누군지도 모를 가수가 가왕이 됐다면서 채널을 돌리는 사람도 생겨날 수 있다.

고민하던 김명진 피디를 보며 이승수 피디가 담배를 발로 밟아 끈 뒤 말했다.

"그렇게 고민해 봤자 뭐 있어? 어차피 투표는 우리가 하는 게 아니고 방청객이 하는 거잖아. 그들에게 맡겨. 그들이 알아서 결정하겠지. 왜 그렇게 오늘따라 안절부절못해?"

"하, 권지연이잖아. 권지연."

"권지연이든 임태호든 설령 조윤필이나 이상희가 나왔다고 해도. 가면 쓰고 있는 이상 그냥 다 똑같은 얼굴 없는 가수일 뿐이야. 애초에 우리가 이 프로그램 기획한 목적도 그거였잖아. 얼굴이나 인지도가 아니라 실력으로 당당히 대접받는 사회. 그걸 목표로 하고 기획한 거였잖아."

김명진 피디는 이승수 피디가 하는 날카로운 조언을 들으며 고개를 떨궜다.

그러고 보니 여태 잊고 있었다.

이승수 피디와 함께 「마스크싱어」를 기획하면서 했던 생각들, 그들이 녹여내고자 했던 가치관 그리고 추구하고자 한 가치들까지.

그가 한숨을 내쉬며 말했다.

"미안하다. 요새 시청률이 주춤거리니까 나도 모르게 부담이 적지 않았던 거 같다."

"괜찮아. 그럴 수 있지. 우리 초심 잊지 말자. 알지?"

"그래."

두 사람은 담배를 끈 뒤 다시 회의실로 돌아왔다.

아직 녹화가 끝난 게 아니었다.

9시부터 2라운드, 3라운드, 그리고 가왕전 무대까지 녹화가 이어질 예정이었다.

2라운드 시작을 얼마 안 앞두고 방청객들이 다시 자리를 빼곡하게 메웠다.

그동안 한수는 대기실에서 스태프가 가져다준 도시락을 까먹으며 열심히 DMB를 통해 피로도를 소모하고 있었다.

어차피 자신이 출연하려면 아직도 시간이 꽤 남아 있었고 그렇다 보니 시간을 보내고 피로도로 써먹을 겸 DMB를 보기로 한 것이었다.

그래도 근래 들어 발라드뿐만 아니라 다른 장르의 노래도 열심히 연습한 덕분에 전체적인 성장치가 골고루 이루어지고 있었다.

이전에는 발라드만 100%였다면 지금은 발라드뿐만 아니라 팝이나 록 장르도 100% 쌓아놓은 상태였다.

반면에 좀처럼 성장이 더딘 장르는 댄스와 힙합이었다.

두 가지는 연습에 연습을 거듭해도 좀처럼 성장을 하지 못하고 있었는데 그건 태생적으로 한수가 타고난 한계 때문이었다.

실제로 축구나 풋살도 원래 잘 못 했지만 그나마 경험치를 쌓고 조금은 실력이 는 것처럼 한수는 몸 쓰는 일을 유독 못했다.

그는 앞선 참가자들이 누군지 또 어떤 노래를 불렀는지 전혀 알지 못했다.

한수가 그걸 알려면 2주는 더 지나야 했다.

그가 현재까지 유일하게 들은 노래는 노래하고 싶은 꾀꼬리 소녀, 배우 이소하와 함께 부른 노래가 전부였다.

대기실에서 DMB를 보며 피로도를 열심히 까먹고 있을 때 노크 소리가 들렸다.

"위풍당당 아수라 백작님, 준비해 주세요."

한수는 노크 소리에 DMB를 멈춘 다음 가면을 쓰기 시작했다.

그 이후 대기실 밖으로 나왔다.

대기실 밖에는 한수보다 조금 작은 체구의 남자가 서 있었다.

그 역시 가면을 쓰고 있었는데 은빛 여우 가면이었다.

"위풍당당 아수라 백작님, 호리호리 은빛 여우님, 두 분 모두 대기실로 이동하시겠습니다."

두 사람은 제작진들의 안내를 받아 대기실로 향했다.

무대 바로 뒤에 있는 대기실에 도착해서 기다리는 동안 앞선 무대가 한창이었다.

파워풀한 노래를 부르는 여자 가수였는데 시원시원한 목소리가 일품이었다.

"저분 끝난 다음 호리호리 은빛 여우님부터 먼저 시작입니다. 바로 무대에 입장하시면 됩니다."

호리호리 은빛 여우가 고개를 끄덕였다.

한수는 슬쩍 그를 쳐다봤다.

남자인 것 같은데 가만히 보니 여자인 것 같다는 생각도 들었다.

전체적으로 느낌이 되게 중성적이었다.

그러는 사이 파워풀한 노래를 부른 여자가수 무대가 끝이 났다.

박수갈채가 쏟아졌고 MC 김태주 목소리가 들렸다.

얼마 뒤 투표 결과가 공개됐다. 결과는 누구나 예상한대로 파워풀한 노래를 선보인 여가수의 신승이었다.

그 이전에 노래를 부른 가수도 꽤 나쁘지 않았던 듯했다. 2라운드 3번째 무대까지 끝이 났다.

이제 4번째 무대.

사람들은 내심 설레는 마음으로 네 번째 무대를 기다리고 있었다. 그들이 네 번째 무대를 기다리는 이유는 하나였다.

위풍당당 아수라 백작, 그의 노래를 듣기 위해서였다.

3번째 무대를 끝마친 뒤 탈락자가 무대를 빠져나왔다. 한수는 대기실에 앉은 채 그가 지나가는 모습을 바라봤다.

가면을 벗은 탈락자는 아이돌 출신 가수였다. 가면을 벗고 난 뒤 사람들, 특히 여자들이 정말 많은 환호성을 보내기도 했다.

그때 정체가 밝혀진 사내가 위풍당당 아수라 백작 가면을 쓰고 있는 한수를 보고서는 고개를 꾸벅 숙였다.

그리고 대기실로 향하며 계속 인터뷰를 주고받았다. 2라운드까지 오게 돼서 기쁘다고 말하는 그의 얼굴엔 아쉬움이 묻어나고 있었다.

더 상위라운드에 올라가고 싶은 욕심이 있던 모양이었다.

그러는 사이 호리호리 은빛 여우의 노래가 시작됐다.

**툭 웃음이 터지면 그건 너.**

남자인 줄 알았던 그녀는 알고 보니 여자였다. 그녀의 목소리는 남자라고 오해한 것과 달리 무척 여성스러웠다.

무엇보다 목소리가 상큼하고 음색도 좋았다.

노래를 부르기 전까지만 해도 꽤 많은 사람이 속아 넘어가지 않았을까 하는 생각이 들었다.

그녀가 선곡한 곡은 권지연의 노래였고 노래 제목은 「마음」이었다.

청아한 그녀의 목소리와 맞물려 사람의 마음을 부드럽게 휘어 감는 목소리가 흘러나왔다.

2분 46초의 짧은 무대가 끝이 난 뒤 잔잔한 박수갈채가 터져 나왔다.

"노래 좋네."

한수는 자신도 모르게 혼잣말로 중얼거렸다.

그녀가 경쟁자인 것도 까맣게 잊어먹을 만큼 그녀가 부른 노래는 아름다웠고 또 영롱한 빛을 뿜어내고 있었다.

"「슈퍼스타 Korea」에 나왔을 때보다 노래 실력이 더 늘었네. 노력 많이 했나 보다."

한수는 그녀가 누군지 단숨에 눈치챌 수 있었다. 체형만 봤을 때는 알 수 없었지만 「K-POP TV」를 보다가 「슈퍼스타 Korea」를 본 적이 있었고 그 무대에 나와서 열창하는 한 소녀도 본 기억이 있었다.

지금 호리호리 은빛 여우의 목소리는 그녀를 쏙 빼닮은 것이었다.

그러는 사이 스태프가 한수에게 다가와서 말했다.

"위풍당당 아수라 백작님, 이제 올라가시면 됩니다."

꾸벅-

한수는 고개를 꾸벅인 뒤 무대로 향했다.


MC 김태주가 상황을 전달받은 뒤 목소리를 높였다.

"자, 여러분이 그렇게 기다리시던 위풍당당 아수라 백작님이 들어오고 계십니다."

사람들의 환호 소리를 들으며 한수가 무대에 올라섰다.

MC 김태주가 카메라 앵글에서 빠져나왔고 무대 뒤편에 선 채 눈을 감았다.

한수가 부르는 노래를 제대로 집중해서 듣기 위함이었다.

'어떤 노래를 선곡할까?'

'록을 부를까?'

'발라드이려나?'

패널들도 허리를 숙인 채 무대 쪽으로 보다 몸을 기울였다.

동시에 위풍당당 아수라 백작이 마이크를 붙잡고 노래를 시작했다.

그가 선곡한 노래는 「사랑 그놈」이었다.


**늘 혼자 사랑하고 혼자 이별하고.**


가사 한 소절 한 소절을 꾹꾹 눌러 부르며 절절한 노랫말이

금세 방청객은 물론 패널들의 가슴에 파고들기 시작했다.

가만히 노래를 듣던 김명진 피디는 자신도 모르게 혀를 내둘렀다.

위풍당당 아수라 백작 강한수. 그의 노래 실력은 명불허전(名不虛傳)이었다. 결과 역시 예상했던 대로였다.

위풍당당 아수라 백작이 이번에도 90표를 얻으며 9표를 받은 호리호리 은빛 여우를 깨부쉈다.

2연속 90표 이상 득점.

그 수치에 방청객들이 탄성을 내질렀다. 그건 패널들도 마찬가지였다. 몇몇 패널은 그 모습을 보며 혀를 내밀며 고개를 절레절레 저었다.

그 정도로 위풍당당 아수라 백작이 부르는 노래는 전부 다 수준이 뛰어났고 듣는 사람을 사로잡는 묘한 마력이 있었다.

특히 이번 「사랑 그놈」은 사람의 감정을 애절하게 조여내면서 호소력 짙게 터뜨리는 그 목소리가 무시무시할 정도였다.

"너무 센 거 아니야?"

"와, 진짜 가왕이 바뀔지도 모르겠는데?"

"창수 씨. 도대체 저 남자 누구예요?"

"나도 몰라요, 오히려 누군지 궁금할 정도예요."

"가수는 맞죠?"

유창수가 박구철을 싸늘한 눈초리로 쏘아보며 말했다.

"아니, 그럼 가수죠. 저 실력자가 비가수일 리가 있겠습니까? 아까 로버트 플랜트 모창한 거 못 들었어요?"

"아니, 그럴 수도 있지. 화를 내고 그러시네. 어허, 그러다가 한 대 치겠어요?"

"아오! 가뜩이나 궁금해 죽겠는데 사람 염장 지르지 말고요! 도대체 누구인 거야?"

패널들도 다들 아리송한 표정이었다.

위풍당당 아수라 백작.

다들 그가 누군지 궁금해 미칠 지경이었다.

덧없는 추측이 연달아 나왔지만, 정답에서 몇백만 광년 멀리 떨어진 것뿐이었다.

2라운드도 끝나고 3라운드 무대가 준비되기 시작했다. 방청객들이 호흡을 가다듬었다. 3라운드 무대에 올라올 가수는 단 두 명이었다.

한 명은 몇 년 전 엄청나게 인기몰이를 했던 「얼음왕국」 여왕을 본떠서 비슷하게 만든 가면을 쓰고 있는 눈꽃 소녀 얼음공주였다.

다른 한 명은 연달아 참가자 두 명을 묵사발 내고 3라운드까지 올라온 위풍당당 아수라 백작이었다.

두 사람이 통로를 지나쳐서 무대 위로 올라왔다. MC 김태주가 두 사람을 번갈아 바라보며 입을 뗐다.

"3라운드까지 올라온 소감을 듣고 싶은데요. 우선 눈꽃 소녀 얼음공주님? 이야기 좀 해주실 수 있을까요?"

"……사실 저는 제가 여기까지 올라올 줄 알고 있었어요."

앙칼지면서 박력 넘치는 그 말에 오히려 여성 방청객들이 환호성을 내질렀다.

"오, 정말이신가요?"

"예. 그리고 저는 오늘 꼭 가왕 자리에 오르고 말겠습니다."

"각오가 남다르신데요. 반드시 가왕이 되셔야 하는 이유가 있을까요?"

"그러기 위해 「마스크 싱어」에 나온 거니까요."

김태주는 눈꽃 소녀 얼음공주를 보며 탄성을 흘렸다.

"자신감이 남다르신데요. 만약 가왕이 되지 못한다면 생각해두신 벌칙은 있으신가요?"

"……어, 없는데요."

"그럼 제가 즉석에서 벌칙 하나를 내보겠습니다."

"됐어요, 사양할게요."

"……좋습니다, 그럼 우리 위풍당당 아수라 백작님은요? 3라운드까지 올라오신 소감이 어떠십니까? 여기서 승리하면 가왕 자리도 노려볼 수 있는데요."

"이왕 여기까지 올라왔으니 저도 눈꽃 소녀 얼음공주님처럼 저 자리를 노려보도록 하겠습니다."

위풍당당 아수라 백작이 가왕이 앉아 있는 자리를 가리키며 말했다.

그러면서 숨겨져 있던 또다른 얼굴이 드러났다.

방청객들이 그것을 보며 환호성을 내질렀다. 졸지에 가왕 자리를 두고 삼파전이 벌어지게 됐다. 그리고 셋 다 어디 내놔도 충분히 가왕이 될 수 있는 저력이 있는 그런 가수들이었다.

문제는 그 가수 세 명이 한날한시에 만나게 됐다는 것뿐이었다.

김명진 피디는 그들을 보며 한숨을 내쉬었다.

가왕이 될 후보들이 저렇게 떡 하니 3라운드에 마주 보고 있다는 게 속이 쓰렸다.

이럴 줄 알았으면 두 사람을 각각 다른 시기에 부를 걸이라는 생각마저 들 정도였다.

두 사람이 각오를 단단히 했다.

가왕 후보 결정전에서 먼저 노래를 부르게 된 건 눈꽃 소녀 얼음공주였다.

그녀는 무대에 남았고 위풍당당 아수라 백작은 무대 뒤 대기실로 향했다.

눈꽃 소녀 얼음공주가 선곡한 노래는 릴리가 부른, 드라마 OST로 삽입되기도 했던 「첫눈처럼 너에게 가겠다」였다.

드라마 OST에 다들 수군거리기 시작했다.

워낙 유명한 노래였다. 그런 만큼 파급력이 컸다.

원곡보다 잘 부르기만 한다면 손쉽게 공감대를 형성할 수 있을 테고 그 의미인즉슨 대중들의 선택을 더 손쉽게 얻을 수 있다는 거였으니까.

잔잔한 반주가 깔리고 난 뒤, 눈꽃 소녀 얼음공주가 노래를 시작했다.

**_널 품기 전 알지 못했다._**

방청객들은 드라마를 생각하며 노래에 푹 잠겨 들었다.

불과 1년 전 했던 드라마였다.

여전히 많은 사람의 기억에 남아 있는 노래였다.

그리고 노래가 끝난 뒤 그녀는 박수갈채를 받으며 무대를 내려갔다.

그 뒤 무대에 올라온 건 위풍당당 아수라 백작이었다.

1라운드에서 그가 부른 건 김현욱과 이은하가 듀엣으로 부른 「기적」이었다.

2라운드는 「사랑 그놈」이었다.

둘 다 발라드였다. 패널들이 수군거렸다.

"이번에도 발라드 부를까요?"

"그러면 눈꽃 소녀 얼음공주는 못 꺾을 거 같은데?"

"어떤 노래 부를까요?"

"이번에야말로 록 좀 불러줬으면 좋겠다. 아까 그 로버트 플랜트처럼 부르다가 시원하게 내질러주면 좋겠는데……."

"그러면 분위기가 확 바뀌긴 하겠지."

"근데 눈꽃 소녀 얼음공주, 권지연 맞죠?"

"맞는 거 같긴 한데…… 권지연이 「마스크싱어」에 나올 이유가 있어?"

누군가 그들을 향해 말했다.

"이번에 앨범 새로 나온다고 하지 않았어요?"

"앨범이 새로 나온다고 해도 그녀가 여기 나올 일은 절대 없을 거라고 생각했는데……."

그렇다 보니 눈꽃 소녀 얼음공주의 정체도 추리가 더뎌지고 있었다.

대부분의 패널들이 그녀가 권지연일 것이라고 예상하고 있지만, 막상 권지연이 「마스크싱어」에 나올까? 하면 거기에 한해서는 의문부호가 붙고 있는 것이었다.

그 순간 반주가 깔리기 시작했다.

록보이 임현수가 반주를 듣자마자 눈을 휘둥그레 떴다.

'설마…….'

처음에만 해도 잔잔한 피아노가 주를 이뤘지만 강렬한 기타 사운드가 갑자기 훅 들어오며 분위기가 바뀌기 시작했다.

그리고 30초가량 반주가 지나간 뒤에야 노래가 시작되었다.

**하늘이여 나를 용서하지 마.**

처음부터 폭발적인 고음이 연달아 쏟아졌다.

그가 선곡한 건 1999년 결성되었으나 2004년 해체한 그룹 아이엔의 「슬픈 다짐」이었다.

시작부터 쏟아지는 고음에 방청객들은 물론 패널들까지 정신을 차리지 못하고 허우적거리기 시작했다.

"우와아아아아악!"

가장 난리가 난 건 패널석에서 난리부르스를 추어대고 있는 록보이 임현수와 무대 뒤에서 감상 중인 MC 김태주였다.

"허……."

또다시 이어지는 고음에 그들이 고개를 절레절레 저었다.

"말도 안 돼."

다들 탄성을 흘렸다. 반면에 방청객 중에서는 자리에서 일어나 박수갈채를 보내는 경우도 있었다.

무대 뒤 대기실에 앉아 노래를 듣고 있던 권지연은 한수가 부르는 노래를 들으며 입술을 깨물었다.

그녀가 부른 건 발라드였다. 하지만 지금 한수가 선곡한 건 록 발라드였다. 같은 발라드이긴 해도 이런 경연에서 더 잘 먹히는 노래는 고음이 많은 노래일 수밖에 없다.

자신의 실력을 뽐내기에 적합하기 때문이다.

***다음 사랑이란 내겐 없어.***

유리 조각처럼 아름다운 마지막 소절이 끝이 난 뒤 한수는 마이크를 떼었다.

그리고 박수갈채가 쏟아졌다.

그는 원곡 가수보다 훨씬 더 이 노래를 리드미컬하게 소화했고 고음 부분에서는 훨씬 더 파괴력 넘치게 쏟아냈었다.

방청객들도 그것을 느꼈고 그렇다 보니 이렇게 탄성을 흘릴 수밖에 없는 것이었다.

그가 무대를 끝낸 뒤 대기실에서 기다리던 눈꽃 소녀 얼음 공주가 무대 위로 올라왔다.

두 사람이 올라오자 방청석에서 박수갈채가 쏟아졌다. 최고의 무대를 보여준 두 명의 가수를 위한 격려의 박수였다.

김명진 피디는 떨리는 마음으로 결과가 집계되길 기다렸다. 지금 이 순간은 그 누구도 결과를 알지 못한다.

판정을 내리는 건 방청석에 앉아 있는 방청객 중 86명의 손에 달려 있다.

그리고 패널 13명이 결과를 내리게 되어 있다.

결과가 나오기 전까지 MC 김태주가 멘트를 던지기 시작했다.

"자, 두 분의 무대가 모두 끝났습니다. 어떻게 들으셨는지 알고 싶은데요. 일단 유창수 씨, 해주실 이야기 있으실까요?"

"우선 눈꽃 소녀 얼음공주님부터 소감을 말해보겠습니다. 정말 아름답고 섬세한 무대였습니다. 이게 워낙 유명한 드라마잖아요. 그러니까 정말 많은 사람이 이 노래를 들었을 거란 말이에요. 그런데 오늘 눈꽃 소녀 얼음공주님이 부른 노래는 그 느낌이 남달랐어요."

"어떻게 남다르셨다는 거죠?"

"감정을 더 섬세하게 살려낸 느낌을 받았습니다. 노래를 듣다가 저도 모르게 감정이 차고 넘칠 정도였었거든요. 휴, 진짜 대단했습니다."

"그럼 위풍당당 아수라 백작님의 무대는 어떻게 보셨나요?"

유창수가 재차 말을 이었다.

"일단 왜 가면을 저렇게 무시무시한 걸 씌워놨나 계속 궁금했는데요. 3라운드가 되고 나서야 왜 그랬는지 이유를 알 수 있었습니다. 정말 무시무시한 분입니다."

"어떤 점에서 무시무시한 걸까요?"

"휴, 음정, 박자, 모든 게 완벽합니다. 하나도 틀린 게 없었어요. 그것만이 아니고 발라드에 이어 아까 로버트 플랜트의 노래도 있고, 이번에는 아이엔의 「슬픈 다짐」도 그렇고. 모든 노래를 자신의 감정을 담아서 부르셨는데요. 그런데 전혀 위화감이 없었어요. 음원이 빨리 나오길 바라고요. 나온다면 바로 음원으로 듣고 싶을 정도입니다."

극찬이 이어졌다. MC 김태주가 유창수를 보며 물었다.

"그럼 어떤 분이 가왕결정전에 올라가실 것 같으신가요?"

"……어. 음, 제 취향에는 위풍당당 아수라 백작님이 맞았는데요. 두 분 모두 좋아서…… 이거 참 어렵네요."

다른 패널들도 저마다 고개를 끄덕였다.

그들도 생각하는 바가 비슷했다.

두 명의 무대 모두 정말 좋았고 그렇다 보니 누굴 뽑아도 이상하지 않은 무대였다.

"그래도 투표는 하지 않으셨어요?"

"투표는 하긴 했는데…… 그건 노코멘트 하겠습니다."

그러는 동안 MC 김태주가 다른 패널들에게도 질문을 던졌다.

개중에는 록보이 임현수도 있었다.

록보이 임현수는 침이 마를 정도로 위풍당당 아수라 백작을 극찬하며 자신이 투표한 게 누군지 대놓고 이야기를 하고 있었다.

권지연은 얼음공주의 가면을 쓴 채 결과가 나오길 기다렸다.

위풍당당 아수라 백작.

대기실에서 노래를 듣는 순간 그녀는 단번에 깨달을 수 있었다.

이 목소리, 이 노래는 강한수가 분명했다.

자신의 예상대로 그는 3라운드까지 올라왔다.

그리고 가왕결정전을 앞두고 붙게 됐다.

여기서 승리를 거머쥐고 싶었다.

그래야만 했다.

그리고 MC 김태주가 결과를 발표했다.

"승자는 바로오오오오~"

「마스크싱어」는 매주 일요일에 방송된다.

이번 「마스크싱어」에서는 가왕이 가왕방어전에 성공하며 5연승의 고지를 쌓는 데 성공했다.

그러나 한 주가 지난 뒤, 사람들의 관심은 부쩍 이번 주에 할 「마스크싱어」에 꽂혀 있었다.

원래 「마스크싱어」는 모든 방청객에게 서약서를 받는다.

비밀유지를 해야 하는 서약서다. 그러나 입에서 입으로 전해지는 소문은 막을 수가 없다.

그러면서 그것들이 SNS나 각종 인터넷 웹사이트에 퍼져나갔다. 물론 방송 전반에 관련된 스포일러가 퍼진 건 아니었다.

참가자는 누구인지, 가왕이 바뀌었는지 아닌지, 그런 것들은 전혀 알려지지 않았다. 그러나 퍼져 버린 스포일러, 단 하나가 사람들의 이목을 잡아끌고 있었다.

이번 「마스크싱어」는 역대급을 넘어선 역대급이다. 게다가 지난주에 잠깐이지만 흘러나왔던 예고편.

그것 때문에 이미 분위기는 방송이 시작하기 전부터 뜨겁게 달아올라 있었다.


김홍준은 「마스크싱어」의 골수팬이었다.

그가 「마스크싱어」에 본격적으로 빠지게 된 건 우리 동네 음악대장이 나올 무렵부터였다.

그리고 그가 지상파에서 「Lazenca, Save Us」를 불렀을 때 김홍준은 「마스크싱어」에 푹 빠지게 됐고 2주에 1번 「마스크싱어」를 무조건 본방사수하게 됐다.

그렇게 우리 동네 음악대장은 9연속 우승을 거머쥐었고 역대 가장 오랜 시간 집권한 가왕이 될 수 있었다.

그러나 그 이후 부쩍 재미가 없어진 게 사실이었다.

그래서 그는 가급적 텔레비전을 멀리하곤 했다.

가끔 리모컨을 돌리다가 「마스크싱어」를 보게 될 때도 있었지만 그럴 때마다 재미가 없어서 채널을 돌리기 일쑤였다.

또, 주말이 되고 오늘도 집에서 빈둥거리던 김홍준은 내일이 월요일이라는 생각에 한숨을 길게 토해냈다.

그는 치킨을 뜯고 맥주를 마시며 하릴없이 리모컨만 붙잡은 채 채널을 돌렸다.

그러다가 UBC로 채널을 돌렸을 때 그가 귀를 쫑긋했다.

아련하면서도 애절한 감성이 담긴 목소리가 화면을 뚫고 터져 나오고 있었다.

1주 차 무대였다. 남녀로 추측되는 가수 두 명이 듀엣으로 나와 노래를 부르고 있었다.

그런데 귀에 익은 목소리가 하나 있었다.

"뭐야? 진짜 권지연이야?"

김홍준은 「마스크싱어」의 골수팬이자 권지연의 모든 앨범을 구비 중인 삼촌팬이기도 했다.

그 덕분에 그는 단숨에 그녀의 목소리를 알아들을 수 있었다. 설마 하는 생각에 그는 다급히 노트북을 가져왔다.

여전히 시선은 텔레비전에 고정한 채 자주 가는 포털 사이트에 접속했다. 자유게시판에는 이미 엄청 많은 글이 홍수처럼 범람하고 있었다.


[스포일러 주의] 오늘 「마스크싱어」 눈꽃 소녀 얼음공주 권** 맞죠?

-맞는 거 같은데요?

-어? 진짜 그런 거 같은데.

-와, 진짜 권지연 ㄹㅇ?

-다들 「마스크싱어」 틀어 보셈. 난리 났음.

-진짜 역대급을 넘어선 역대급이라고 포장한 이유가 있네 ㄷㄷㄷ

-피디 미친 거 아님? 권지연을 어떻게 섭외했지?

-예능 3년 만에 나오는 거 아님?

-들리는 썰로는 예능 하나 더 찍은 거 있다던데?

-와, 근데 음색 미쳤다. 진짜 나라면 무조건 권지연 가왕 만들 텐데.

-지연아! 사랑한다! 알러뷰!!


그는 권지연의 팬사이트에도 접속했다.

그러나 너무 많은 사람이 일시에 몰린 까닭에 DB 에러가 뜨고 있었다.

"와, 미쳤네."

그는 고개를 설레설레 젓다가 다급히 친구들한테 카톡을 보냈다.


-다들 「마스크싱어」 보고 있냐? 권지연 나옴.

평소 친하게 지내던 친구 모두 권지연의 팬이었다.

그들도 이미 소식을 접하고 「마스크싱어」를 보는 중이었다.

김홍준은 두 사람이 부르는 듀엣에 더 집중했다.

잔잔한 가운데 폭발적인 고음이 터져 나왔고 두 사람이 섬세하게 감정을 주고받았다.

그러나 누가 들어도 알 수 있었다.

이건 권지연이 저 남자 가수를 이끌고 나가는 것이었다. 압도적인 기량 차이를 느낄 수 있었다.

노래가 끝난 뒤 김홍준은 길게 숨을 토해냈다.

"후우."

오랜만에 텔레비전으로 권지연을 보는 것 같았다.

그리고 그 노래는 정말 감미로웠다.

결과가 집계되길 기다리는 사이 그는 UBC 방송국 홈페이지에 접속했다.

다음 주 녹화를 방청하기 위해서였다.

그러나 이미 방송국 홈페이지 게시판에는 방청객 접수 신청이 줄을 잇고 있었다.

다들 알고 있는 것이다.

권지연이 「마스크싱어」에 나온 이상 그녀가 유력한 가왕 후보라는 것을 말이다.

그는 그래도 이왕 본 김에 계속해서 「마스크싱어」를 보기로 했다.

어쨌든 2라운드, 3라운드까지 치르게 될 테고 어떤 가수가 경쟁자로 등장하게 될지 궁금해서였다.

두 번째 듀엣 무대에서는 폭발적인 고음을 뽐내는 파워풀한 여가수가 무대를 휘어잡았다.

"그래도 지연이에 비할 바는 아니지. 선곡만 문제없으면 가왕도 무난히 될 거야."

김흥준은 혼잣말로 중얼거렸다.

그녀의 노래도 나쁜 건 아니었지만 권지연보다는 확실히 부족했다.

권지연의 목소리에는 사람을 끌어당기는 그런 매력이 있었기 때문이다.

그러다가 장기자랑 무대가 이어졌고 권지연이 팬터마임을 하는 모습이 카메라에 잡혔다.

뻣뻣하게 팬터마임을 하는 그 모습에 김흥준은 자신도 모르게 흐뭇한 미소를 지었다.

아마 몇 분 지나지 않아 짤방이 올라올 게 분명했다.

그때 결과가 발표됐다.

90 대 9.

압도적인 표 차이였다. 10배 차이.

김흥준은 고개를 끄덕였다. 충분히 가능한 표 차이였다.

"이 정도는 나올 만했지."

그러는 사이 세 번째 듀엣 무대가 시작됐다. 세 번째 듀엣 무대 역시 나쁘지 않았다. 특히 호리호리 은빛 여우의 목소리는 청아하고 고왔다.

순간 가슴을 톡 쏘는 그런 게 있었다.

"누구지?"

그는 슬쩍 자유게시판을 새로고침을 누르고 확인했다.

사람들은 이미 그녀의 정체를 추측하고 있었다.


－박민주 아니에요?

└ 걔는 노래 그렇게 잘 못 불러요.

└└ 그래도 요새 좀 괜찮던데.

└└└ 그래 봤자 아이돌 수준임.

－신비 아닐까요?

└ ㅋㅋㅋㅋ 님 미침?

└ 걔는 댄스 가수임.

－백시은 같은데…… 저만 그렇게 들었나요?

－어, 진짜 백시은 같은데요?

－백시은이 누구예요?

－「슈퍼스타 Korea」 시즌4 탑5까지 올랐던 애 있어요. 그때만 해도 이 정도는 아니었는데 실력 많이 늘었네요.

-목소리 들어보니까 누군지 알겠네요.

김홍준도 그제야 슬쩍 고개를 끄덕였다.

스포일러가 금지되어 있다고 하지만 워낙 귀 밝은 사람이 많아서인지 방송 당일 대부분 정체가 밝혀지기 십상이었다.

진짜 뮤지컬이나 재즈 같은 희소성 높은 가수가 아닌 이상은 쉽게 정체를 밝혀내곤 했다.

그렇게 세 번째 듀엣 무대까지 끝나고 네 번째 듀엣 무대가 되었을 때였다.

이번에도 남녀 한 쌍이 무대 위로 올라왔다.

노래하고 싶은 꾀꼬리 소녀와 위풍당당 아수라 백작이었다.

김홍준은 위풍당당 아수라 백작을 보고는 눈을 휘둥그레 떴다.

가면이 하나가 아니라 네 개가 한데 뭉친 형태였다. 전후좌우에 각기 다른 인상의 가면들이 있었다.

"저런 가면도 있구나."

그것도 잠시 그는 두 사람이 부를 노래에 집중하기 시작했다. 김현욱과 이은하가 함께 불렀던 「기적」이었다.

**나 그대의 눈을 바라보면.**

남자가 먼저 노래를 불렀다.

그 순간 김홍준이 눈을 빛냈다. 분위기가 달랐다. 제대로 고수라는 냄새를 풀풀 풍기고 있었다.


−와, 미쳤네. 누구지?

−노래 개 잘 부르네.

−3라운드까지 올라가겠다.

−그래도 지연이가 가왕전 가겠죠?


게시판 분위기도 흡사했다. 다들 놀란 기색이 역력했다.

아까 전 눈꽃 소녀 얼음공주의 득표수는 90이었다.

10배 차이로 압도적인 우위를 점했다. 노래하고 싶은 꾀꼬리 소녀도 나쁘지 않았지만, 차원이 달랐다.

그는 가볍게 탄성을 흘렸다. 그러는 사이 순식간에 4분 20초가 지났고 노래가 끝이 났다. 말 그대로 기적을 선사한 무대였다.


−누군지 아시는 분? 와, 개쩌네. 저 진짜 노래 들으면서 소름 돋음.

−누군지 모르겠는데…… 이 정도 가수가 있었나?

−어, 혹시 현우민 아닐까요?

ㄴ 현우민요? 현우민보다 훨 잘 부르던데요?

−이만큼 부르는 발라드 가수가 또 누구 있을까요?

−성태자는요? 성태자 가능성 있지 않음?

  ㄴ 성태자도 아님. 목소리가 다름.

−아, 진짜 누구지? 가늠이 안 되네.

−노래하고 싶은 꾀꼬리 소녀는 누구예요?

  ㄴ 이소하 같던데요?

  ㄴㄴ 이소하? 배우 이소하요?

−네. 이소하 맞는 거 같아요. 원래 아이돌 데뷔하던 애였음.


그러는 사이 패널들이 노래하고 싶은 꾀꼬리를 평가하고 있었다. 그들도 실제로 그녀가 대형 소속사에서 체계적으로 트레이닝을 받았다고 추측 중이었다.

그때 MC 김태주가 두 사람을 보며 장기자랑을 보여 달라고 주문했다. 노래하고 싶은 꾀꼬리 소녀 다음으로 위풍당당 아수라 백작이 장기자랑으로 선택한 건 모창이었다.

"흥. 장기자랑 못하는 애들이 꼭 개나 소나 성대모사나 모창한다고 난리지."

그는 고개를 절레절레 저었다.

그러나 내심 불안한 마음도 없지 않아 있었다.

저 위풍당당 아수라 백작이 권지연을 꺾고 가왕결정전에 올라가지 않을까 하는 일말의 두려움도 존재했다.

그때였다. 록보이 임현수와 MC 김태주가 록을 불러달라고 요청했다.

두 사람은 워낙 유명한 록빠였다. 시청자들도 다 아는 사실이었다.

"설마 록을 부를까?"

그때 위풍당당 아수라 백작이 입을 열었다.

"알겠습니다. 그럼 한번 불러보겠습니다."

그리고 그는 반주도 없이 노래를 시작했다. 그가 선택한 노래는 레드 제플린의 명곡 Stairway To Heaven이었다.

*There's a lady who's sure all that glitters is gold.*

서정적인 가사와 함께 맑고 고운 음색이 터져 나왔다.

2소절까지 끝냈을 때 패널들 사이에서 헛웃음이 터져 나왔다. 그건 방송을 보고 있는 시청자들도 마찬가지였다.

김홍준 역시 자신도 모르게 어처구니없는 표정을 지은 채 혼잣말로 중얼거렸다.

"와, 미쳤다."

그는 다급히 인터넷 게시판을 확인했다.

-와, 소름.

–우리나라 예능 프로그램에서 저 명곡을 듣게 될 줄이야.

–완전 로버트 플랜트 전성기 시절하고 똑같던데요?

–미친 거 아님? 진짜 로버트 플랜트에요?

–2소절이라서 확신은 못 하겠는데…… 2소절까지는 로버트 플랜트하고 완전 똑같던데요?

–와.

패널들과 방청객들 그리고 녹화방송을 보고 있는 시청자들까지. 그들의 아우성을 뒤로 한 채 투표 결과가 발표되기 직전 광고가 흘러나왔다.

그러나 누가 봐도 위풍당당 아수라 백작의 2라운드 진출이 확실시되는 상황이었다.

남은 건 득표수 차이가 얼마나 나느냐 하는 것이었다.

한편 주말 늦은 저녁 오랜만에 가족들과 함께 집에서 쉬면서 방송을 보고 있는 사람이 있었다.

그는 TBC에서 황금사단을 이끌고 있는 황금사단의 총책임자 황 피디였다.

어떤 프로그램이 하고 있나 리모컨을 돌리던 그는 「마스크싱어」를 보게 됐고 권지연으로 추측되는 여가수가 노래하는 걸 보며 눈매를 좁혔다.

바로 다음 주 금요일에 「무엇이든 만들어드려요」 1화가 방송될 예정이었다.

그때 권지연을 처음으로 내세우면서 예고편에 넣으려 했다.

3년 만의 예능 첫 출연이었으니까.

그런데 선수를 빼앗긴 셈이다.

다만 한 가지 위안이 되는 건 지금 권지연은 가면을 쓰고 있기 때문에 설령 가왕결정전에서 떨어진다고 해도 다음 주는 되어야 정체가 밝혀진다는 점이었다.

그렇게 저녁을 먹으며 「마스크싱어」를 계속 보고 있을 때였다.

"우와! 저 오빠 노래 잘 부른다."

황 피디는 눈을 끔뻑거리며 흉악한 인상을 하고 있는 위풍당당 아수라 백작을 쳐다봤다.

'설마?'

그가 눈을 휘둥그레 떴다. 다들 그의 정체를 모르고 헤매고 있지만, 그는 똑똑히 알 수 있었다.

그가 강한수라는 것을.

# CHAPTER
# 3

황 피디는 머리를 긁적였다.

그는 최근 들어 새로 구상 중인 프로그램이 하나 있었다.

순전히 강한수 한 명 때문에 구상하게 된 프로그램이었다.

현재 그가 생각 중인 프로그램의 장르는 음악 그리고 여행이었다.

강한수라는 인물에 대해 관심을 가지면서 황 피디는 그를 더 자세하게 파헤치기 시작했다.

재수를 하고 한국대학교에 입학하기 전까지만 해도 그는 평범한 학생이었다.

주변 사람들의 평가도 비슷했다.

어디서 흔히 볼 수 있는, 길가에 굴러다니는 돌멩이만큼 흔

하디흔한 군대를 막 제대한 평범한 남자 사람.

한수 주변 사람들이 한수를 가리켜 평가한 내용이었다.

'그러다가 갑자기 바뀌어 버렸지.'

그가 변한 모습을 보인 건 재수 이후였다.

재수 후 한국대학교 경영학부에 입학하면서 그가 변했다.

갑자기 공부에 두각을 드러내며 역대급 불수능에서 만점을 받더니 한국대학교 경영학부에 당당히 입학했다.

그 정도는 이해할 수 있었다.

불과 반년 남짓 공부하고 한국대학교 경영학부에 수석으로 입학했다는 게 말이 안 되는 일이긴 하지만 공부 머리가 깨어난 것일지도 몰랐다.

그러나 놀라운 점은 그게 전부가 아니었다는 것이다.

그리고 얼마 지나지 않아 그는 홍대입구에서 버스킹을 했다.

기사에 떴을 만큼 정말 많은 청중이 몰렸고 급기야는 윤환까지 그 무대에 난입했다.

그러나 그 전까지만 해도 주변 사람들의 평가에 따르면 강한수는 음치까지는 아니지만 그렇다고 해서 버스킹을 하고 윤환까지 참여시킬 만큼 노래를 잘 부르는 건 아니었다.

그때부터 황 피디는 의문점을 가졌다.

노래는 타고난 재능이 있어야만 했다. 노력으로 어느 정도 따라잡을 수 있지만 넘어설 수 없는 영역이 존재한다.

그게 바로 아마추어와 프로의 차이다. 그랬기 때문에 의아할 수밖에 없었다. 그 역시 유튜브에 올라온 영상을 봤다. 그의 노래는 경이로울 정도였다. 그 정도로 훌륭했다. 아쉬운 건 그게 모창이라는 점이었다.

자신의 목소리를 내지 못하는 것만 빼면 노래 실력은 훌륭했다. 윤환이 괜히 난입한 게 아니었다.

그러다가 그가 「트루 라이즈」가 아닌 「자급자족 in 정글」에 게스트로 합류했고 배우 정수아와 트러블이 터졌다.

황 피디가 처음 강한수를 알게 된 것도 그 무렵 일이었다. 배우 정수아와의 트러블은 국민 대부분이 알 정도로 충격적인 사건이었으니까.

실제로 그녀는 미국으로 떠난 뒤 여전히 소식이 두절된 상태였다.

그녀의 소속사인 제이에스 엔터테인먼트도 그 날 이후 도의적인 책임을 지고 사실상 폐업한 상태였다.

황 피디는 그게 꼬리 자르고, 죄 없는 매니저 한 명이 죄를 뒤집어쓴 채 제이에스 엔터테인먼트와 사라졌고 제이에스는 회사명만 다른 걸로 바꾼 걸 알고 있었다.

그러나 분위기가 예전만 못한 게 사실이었다.

회사 매출의 대부분을 책임지던 배우 정수아가 그렇게 사실상 은퇴해 버린 지금 캐시카우(CashCow) 역할을 해줄 사람이 전무했으니까.

어쨌든 황 피디는 「자급자족 in 정글」의 해프닝을 뒤로 하고 「숨은 가수 찾기」를 보면서 강한수의 재능을 또 한 번 느꼈고 그하고 음악 프로그램을 하나 함께 했으면 좋겠다는 생각을 하게 됐다.

외국으로 여행을 떠나서 버스킹을 하고 그렇게 해서 벌어들인 돈으로 또 다른 곳으로 여행을 떠나고.

음악과 여행이 함께 하는 힐링 웰빙 프로그램.

그것이 황 피디 머릿속에 어렴풋하게 잡혀 있는 기획안이었다.

그런데 하필이면 「마스크싱어」에 나올 줄이야.

황 피디는 계속해서 간을 봤던 자신이 오늘따라 원망스러웠다.

하지만 위풍당당 아수라 백작이 강한수가 아닐 수도 있었다.

왜냐하면, 그가 투표 결과가 발표되기 전 레드 제플린의 노래를 모창해서 불렀기 때문이다.

지난번 외국 노래도 부를 수 있냐는 질문에 한수는 국내 노래만 부를 줄 알지 외국 노래는 부르지 못한다고 이야기한 바 있었다.

아직 일말의 가능성은 남아 있었다.

그때 밥 먹다가 말고 텔레비전에 푹 빠진 황 피디를 보며 그의 아내가 고개를 절레절레 저었다.

'저놈의 직업병이 또······.'

그러나 인제 와서는 그녀도 반쯤 체념할 뿐이었다.

황 피디가 갖고 있는 방송에 대한 열정이 얼마나 커다란지 누구보다 가장 잘 알고 있는 게 바로 그녀였으니까.

「마스크싱어」 방송이 끝나자마자 포털 사이트 실시간검색어 1위에 오르고 메인 배너에 기사들이 속속 올라오는 등 무시무시한 화력을 뿜어내기 시작했다.

웬만한 커뮤니티는 모두 「마스크싱어」에 대해 열띤 토론을 나누고 있었다.

가장 화제가 된 건 단연코 권지연으로 추정되는 눈꽃 소녀 얼음공주에 대한 이야기였다.

그녀가 진짜 권지연이 맞느냐 아니냐로 갑론을박이 오고 가고 있었다.

그것 말고 화제가 된 건 위풍당당 아수라 백작, 그의 정체에 관해서였다.

몇몇 네티즌들이 그의 정체에 대해 심도 있게 이야기를 떠들어댔다.

주로 나오는 가수들은 70~80년대에 이름을 날렸던, 지금은 그야말로 레전드에 가까운 그런 가수들이었다.

그러나 그 여론 모두 반박을 맞았는데 그럴 수밖에 없는 게 위풍당당 아수라 백작이 1라운드에 부른 노래는 발라드였지만 장기자랑으로 한 모창에서는 헤비메탈 노래를 불렀기 때문이다.

그렇게 위풍당당 아수라 백작에 대한 정체가 아리송한 가운데 한수는 「쉐프의 비법」 촬영을 앞두고 있었다.

실내 스튜디오 촬영이긴 했지만, 오늘 역시 장시간 녹화가 예정된 상태였다.

덕분에 노는 건 김 실장이었다.

그로서는 한수를 방송국 앞에 내려준 다음 별다른 호출이 있기 전까지는 커피숍에서 지나가는 여자들을 보며 실실거리는 게 전부였기 때문이다.

게다가 한수는 김 실장의 도움 없이도 알아서 척척 모든 일을 해내곤 했기에 손이 정말 안 가는 편이었다.

김 실장으로서는 제대로 꿀 빠는 것이었다. 어쨌든 대기실에서 DMB를 보며 오늘도 어김없이 피로도를 녹이고 있을 때였다.

똑똑—

노크 소리가 들렸다. 한수가 문을 열어젖혔다.

문 뒤에는 「쉐프의 비법」에 출연 중인 쉐프 중 하나 최형진 쉐프가 자리해 있었다. 그뿐만이 아니었다. 김경준 쉐프를 뺀 다른 쉐프들도 옹기종기 모여 있었다.

그리고 불편한 기색이 역력한 만화가 김형석도 볼 수 있었다. 그제야 한수가 당황한 얼굴로 그들을 보며 말했다.

이들 모두 한수보다 더 나이가 많을뿐더러 한수는 어쨌거나 오늘 막 합류한 새내기였다.

그러나 DMB를 보면서 피로도를 쓰다 보니 자신도 모르게 시간을 계속해서 써먹고 있었던 것이었다.

"죄송합니다. 제가 먼저 찾아봬야 하는 건데⋯⋯."

한수 말에 최형진 쉐프가 웃으며 입을 열었다.

"늦게까지 안 오기에 무슨 일이 있나 했어. 이제 우리 프로그램 막내가 됐는데 소감 한마디 들어봐야지?"

"영광이죠. 앞으로 잘 부탁드립니다."

"하하, 레시피는 잘 준비해 왔어?"

"그럼요. 열심히 준비해 왔습니다."

한수가 고개를 끄덕였다. 오늘 「쉐프의 비법」 출연자는 국내 정상급 걸그룹 멤버 두 명이었다.

각각 취향과 기호가 제멋대로인 두 사람을 위해 한수는 고심 끝에 레시피를 준비해 온 상태였다.

그때 만화가 김형석이 한수를 빤히 쳐다보며 입을 열었다.

"커흠, 잘 부탁한다고."

"저도 잘 부탁합니다. 평소 김형석 씨 만화는 재밌게 잘 보고 있었어요."

"오? 그래? 진짜야?"

"예. 요새 연재 중인 웹툰도 잘 보고 있고요. 그런데 자꾸 휴재하셔서……."

"그게 요새 워낙 바쁘다 보니……."

프로그램 새내기가 아닌 독자의 반격에 만화가 김형석이 쩔쩔매기 시작했다.

최형진 쉐프는 김형석을 보며 고개를 절레절레 저었다. 원래 그들은 이곳까지 찾아올 생각이 없었다. 한수가 알아서 인사를 하러 오리라고 생각했기 때문이다.

그러다가 만화가 김형석이 뜬금없는 제안을 했다.

미리 대기실로 찾아간 다음 인사도 하러 오지 않는다고 구박하며 몰래카메라를 찍자는 것이었다.

귀가 솔깃할 만한 제안이었고 막내는 어떻게 반응할지도 기대가 됐다. 그래서 평소보다 훨씬 더 이른 시간에 대기실로 들어가기도 전에 불쑥 여기까지 찾아온 것이었다.

그러나 말만 그렇게 했지 최형진 쉐프는 김형석이 하고 있는 생각이 뭔지 눈에 뻔히 보이고 있었다.

막말로 군기를 잡으려 하는 게 분명했다.

어쨌거나 강한수는 쉐프가 아닌 일반인이었고 나이도 젊으며 조각 미남처럼 생긴 건 아니지만 훈훈한 외모에 키도 컸다.

이러나저러나 김형석이 꿀릴 수밖에 없었다. 그래서 기선을 제압하고자 왔는데 오히려 질질 끌려다니는 모습을 보고 있자니 한숨만 내쉬게 되는 것이었다.

졸지에 몰래카메라는 완전 개판이 됐고 그 대신 그들은 한수의 대기실에서 담소를 나누며 요리에 관한 이야기를 심도 있게 나눴다.

그 와중에 한수는 이미 광고도 타기 시작한 TBC에서 「하루 세끼」 다음에 하게 될 「무엇이든 만들어드려요」에 대한 떡밥도 슬쩍 흘렸다.

한수가 내던진 떡밥에 쉐프들이 귀를 쫑긋 세우며 물었다.

"어땠어?"

"어디서 했다고?"

한수가 웃으며 입을 열었다.

"롬복이요. 인도네시아 발리 옆에 있는 섬인데 진짜 좋아요. 자연풍광도 좋고 해변도 좋고 휴양가기에 정말 최고더라고요."

"아니, 그거 말고. 어떤 요리 만들었어?"

최형진 쉐프 질문에 한수가 손가락으로 자신이 만들었던 요리를 세기 시작했다.

그리고 한수가 머쓱한 표정으로 말했다.

"닷새 동안 마흔세 개는 만든 거 같아요. 최대한 다양한 요리를 만들고자 했거든요."

만화가 김형석이 한수를 바라보며 물었다.

"그래서? 손님들 반응은 어땠는데?"

"어, 그건……."

「쉐프의 비법」에 출연 중인 모든 쉐프들과 만화가 김형석이 한수를 빤히 쳐다봤다.

그들 모두 그의 입술에 주목하고 있었다. 그때 한수가 입을 열었다.

"……방송으로 보세요."

"야! 너!"

"그래도 되는 거야?"

"조금 알려줘. 어떻게 됐는지 궁금하잖아."

"하하, 제가 제 방송을 스포일러할 수는 없잖아요."

그러는 동안 녹화가 준비됐다고 조연출이 알려왔다.

한수를 비롯한 대기실에 모여 있던 사람들이 대기실을 빠져나왔다. 뒤늦게 녹화장에 도착한 MC 두 명이 한수를 향해 악수를 건넸다.

"한수 씨, 잘 부탁해요."

서글서글한 인상의 윤준석 MC가 멋쩍게 웃으며 말했다.

한수도 그의 손을 마주 잡았다. 그 뒤 안용식 MC도 한수 손을 붙잡으며 입을 열었다.

"오늘 녹화 잘 해봐요. 리허설 한번 하고 갈 거예요. 부담 없이. 알죠?"

"예, 그럼요."

그리고 리허설을 한 차례 했다.

동선을 맞추고 요리 준비를 하면서 시간을 맞췄다.

가장 늦게 도착한 건 걸그룹 멤버 두 명이었다.

워낙 바쁜 스케줄 때문인지 그녀들은 눈 밑에 다크서클이 그윽했다.

그렇지만 목소리는 싹싹하고 밝았다.

"얼음별 메인보컬 유지아입니다. 잘 부탁드립니다."

"얼음별 메인 래퍼 신지희예요. 오늘 촬영 잘 부탁드립니다!"

키 크고 늘씬하고 예쁘장하게 생긴 두 소녀의 인사에 쉐프들이 헤벌쭉거렸다.

한수도 슬며시 미소를 지은 채 그들의 인사를 받았다.

얼음별은 한창 잘 나가는, 인기 많은 걸그룹이었다.

그녀들과 함께 하는 촬영인 만큼 싱글벙글할 수밖에 없었다.

그렇게 녹화가 진행됐다.

그녀들이 마트에서 장을 봐온 건 바구니 안에 이미 담겨 있었다.

아마 그녀들이 마트에서 장을 봐오고 이곳 스튜디오로 오는 건 따로 편집해서 이어붙이는 것이었다.

우선 요리 주제를 제시한 건 얼음별의 메인보컬 유지아였다.

그녀가 첫 번째 테마를 제시했다.

「곧 다가올 여름에 알맞은 얼음별처럼 시원한 냉요리」

그리고 이 주제에 도전할 참가자가 하나둘 손을 들고 나섰다.

제일 먼저 손을 든 사람은 쉐프 최형진이었다.

그는 자신만만한 표정을 하고 있었다.

동시에 약속대로 한수가 손을 들어 올렸다.

두 사람을 제외하고 다들 주저할 때였다.

만화가 김형석이 뒤늦게 참전했다.

삼파전이 되어버린 상황.

그때 얼음별의 메인보컬 유지아가 두 사람을 지목했다.

쉐프 최형진, 그리고 그 상대는 「쉐프의 비법」 신예 참가자 강한수였다.

두 사람이 조리대로 향했다.

장바구니 속에 든 재료들을 꼼꼼이 챙긴 뒤 자리에 섰다.

MC 윤준석이 두 사람을 번갈아 보다가 우선 최형준 쉐프를 쳐다보며 물었다.

"최형준 쉐프님, 오늘 대결 어떻게 생각하고 계십니까?"

"저는 언제나 제 요리를 맛보실 손님을 최우선으로 생각합니다. 이번에 게스트로 나와주신 얼음별의 메인보컬 유시아 씨를 위해 최고의 요리를 선보이겠…… 아, 잠깐만. 유지아 씨, 제가 잠깐 실수했습니다."

MC 안용식이 깐족거리며 나왔다.

"아니, 게스트 이름도 제대로 외우지 못하면서 무슨 최고의 요리를 선보이겠다는 거예요? 최형준 쉐프님, 너무하는 거 아닙니까?"

유지아도 대본에 없던 최형준 쉐프의 실수에 샐쭉한 표정을 지었다.

최형준 쉐프가 다급히 상황을 수습하려 했지만, 소용없는 일이었다.

"왜 자꾸 저한테만 이래요!"

결국, 최형준 쉐프가 되도않는 앙탈까지 부렸지만, 윤준석은 그런 최형준 쉐프를 철저하게 무시했다. 그 대신 안용식이 한수를 바라보며 물었다.

"한수 씨는 오늘 처음 출연하시는 건데요. 각오가 남다르실

거 같아요. 소감 한마디 들을 수 있을까요?"

"유. 지. 아. 씨께서 정말 시원한 냉요리를 드시다고 싶다고 했으니까 그에 맞는 요리를 만들어 보이겠습니다."

"다행히 한수 씨는 이름을 안 틀리셨네요."

최형준 쉐프가 그 말에 안용식을 재차 노려봤다.

그러나 안용식은 대수롭지 않다는 얼굴로 한수를 향해 물었다.

"오늘 준비하신 요리는 뭔가요?"

"장바구니에 있는 재료를 보니까 닭이 있더라고요. 닭을 이용해서 임자수탕을 만들어볼까 합니다."

한수 말에 다들 고개를 갸웃거렸다.

그가 김경준 쉐프를 꺾을 때 만든 요리는 수비드 꼬숑이라는 프랑스 요리였다. 김경준 쉐프의 시그니처 요리이기도 한 그 요리를 더 맛있게 만들어서 극찬을 받기도 했다.

그런데 이번에는 궁중요리 중 하나이기도 한 임자수탕을 만들겠다고 하고 있으니 의아해할 수밖에 없었다.

임자수탕(荏子水湯)은 깨를 불려 겉껍질을 벗겨내고 볶아서 곱게 갈아 체에 밭친 깻국물에 영계를 삶은 육수를 섞은 다음 닭살을 말아서 차게 먹는 냉탕을 뜻한다.

여기서 임자는 참깨를 일컫는 말이며 여름에 궁중이나 양반가에서 즐겨 먹던 최고의 보양식이기도 했다.

얼음별의 메인보컬 유지아가 요구한 곧 다가올 여름에 알맞은 시원한 냉요리인 건 맞지만 한수가 그 요리를 만들어낼 수 있을지는 의문이었다.

안용식 MC가 조심스러운 목소리로 물었다.

"시간 안에 만드실 수 있을까요?"

그때 평소 「쉐프의 비법」에서 한식 하면 1인자로 손꼽히고 있던 이영태 쉐프가 안용식 MC와 한수를 번갈아 보며 말했다.

"걱정하지 않으셔도 될 겁니다."

"예? 왜죠?"

"제가 타 방송국에서 하는 프로그램을 본 적 있는데 거기서 한수 씨가 어선과 신선로를 만들더라고요. 그것도 모자라서 「청풍」의 총주방장인 공 숙수님께 극찬을 받기도 했고요."

"어, 어선이요? 그게 뭐죠?"

"한식 조리 기능사 자격증 시험에 단골 문제로 출제되는 요리인데 진짜 만들기 까다로운 요리입니다. 어쨌든 믿고 맡겨도 된다는 의미입니다."

"허, 이영태 쉐프님이 그렇게 보증하고 나서시니까…… 일단 믿어보겠습니다."

안용식은 떨떠름한 얼굴로 한수를 쳐다봤다.

아무래도 걱정이 되는 게 사실이었다.

이번에는 윤준석이 최형준 쉐프를 보며 물었다.

"한수 씨는 임자수탕을 준비하셨다고 하는데요. 그럼 최형준 쉐프님께서는 무슨 요리를 준비하셨나요?"

"예, 제가 준비한 건 갤런틴입니다."

최형준 쉐프가 준비한 요리는 갤런틴(Galantine)이었다.

갤런틴 역시 닭고기를 주재료로 해서 만드는 것으로 대표적인 서양 냉요리 중 하나였다.

전통 프랑스 요리로 만약 김경준 쉐프가 이 자리에 서 있었으면 갤런틴을 골랐을지도 몰랐다.

국내파이긴 해도 최형준 쉐프는 프랑스 요리에 조예가 깊었고 그런 만큼 두 사람의 대결은 흥미진진하게 다가오고 있었다.

"좋습니다. 한식과 프랑스식의 대결인데요. 과연 유지아 씨 입맛에는 어떤 요리가 잘 맞을지 궁금합니다."

그때 유지아가 손을 슬쩍 들어 올렸다.

안용식이 그녀를 보며 물었다.

"유지아 씨, 하고 싶은 이야기가 있으신가요?"

"아, 그게…… 제가 어렸을 때 외국에서 살다 와서요. 한식이 입에 맞을지 잘 모르겠어요."

"아, 그런가요? 그래도 한국어는 곧잘 잘하시는데요?"

"예, 그건 그런데 한식을 드물게 먹어서요. 김치도 사실 잘 못 먹거든요. 그런데 임자수탕이라고 하셨죠? 에, 조금 걱정이네요."

한수가 그 말에 웃으며 말했다.

"걱정하지 않으셔도 됩니다. 한번 드시고 나면 그대로 반해 버릴 테니까요."

"오, 자신감 넘치는 발언 나왔습니다. 자, 그러면 두 분 모두 요리를 시작해 주십시오!"

전광판에 떠 있는 숫자가 바뀌기 시작했다.

동시에 두 사람이 빠른 속도로 밑준비부터 했다.

우선 한수는 닭을 기름기와 내장을 제거해 깨끗이 손질한 다음 미리 물에 불려둔 참깨를 문질러 씻어서 체에 받쳐 물기를 빼냈다.

그런 다음 다진 소고기와 두부를 섞어서 완자를 만드는 한편 오이와 표고버섯, 홍고추 등 고명으로 올릴 재료들을 일정한 크기로 다듬었다.

빠른 속도로 움직이는 한수 모습에 다들 혀를 내둘렀다.

리허설을 하긴 했지만, 첫 촬영이었다. 그렇다 보니 대부분 허둥지둥거리다가 한두 번은 헤매게 마련이었다.

하지만 한수는 오랜 시간 「쉐프의 비법」에 출연한 적이 있는 쉐프처럼 거칠 것 없이 요리를 준비하고 있었다.

어떻게 된 게 그 속도가 최형준 쉐프보다 더 빠르게 느껴질 정도였다. 그러는 사이 순식간에 시간이 지나갔고 안용식이 그들 조리대로 걸어 나왔다.

우선 그가 맛본 건 최형준 쉐프의 요리였다. 이때는 한수도 내심 긴장한 얼굴로 안용식을 슬쩍 쳐다봤다.

안용식이 가볍게 탄성을 내며 소리쳤다.

"와, 이거 제대로인데요? 여름이 오지도 못하고 도망치겠어요!"

확실히 최형준 쉐프는 최형준 쉐프였다.

그의 미각은 절대미각이라고 불릴 만큼 뛰어났고 맛도 그만큼 섬세했다.

여기 있는 쉐프 중에서는 단연 최고라고 부를 만했다. 하지만 한수는 쉴 새 없이 요리를 준비했다. 그때 안용식이 다가와서 한수가 만드는 요리를 기웃거리며 살폈다.

먹을 게 없나 궁리하던 그가 닭 육수를 부어 만든 깻국물을 가리키며 물었다.

"한수 씨, 이거 한 숟가락만 먹어봐도 돼요?"

"잠시만요."

한수가 깻국물을 슬쩍 맛본 다음 소금으로 살짝 간을 했다.

"이제 드셔보세요."

그는 고개를 끄덕인 뒤 작은 스푼으로 국물을 맛보았다.

얼마 지나지 않아 그가 놀란 얼굴로 중얼거렸다.

"와, 미쳤네."

작은 목소리라서 마이크를 타고 육성으로 흘러나오진 않았다.

그러나 안용식은 여전히 얼떨떨한 표정을 하고 있었다.

가만히 안용식을 보던 윤준석이 큰 목소리로 물었다.

"용식 씨! 맛은 어떻습니까?"

"이거…… 최형준 쉐프도 긴장해야겠는데요. 진짜 너무 맛있습니다!"

평소 웬만하면 극찬을 안 하는 안용식이다. 입맛이 되게 까탈스럽기 때문이다. 그런 그가 극찬을 해왔다.

사람들의 표정이 밝아졌다. 반면에 표정이 어두운 사람이 두 명 있었다. 한 명은 최형준 쉐프였다. 예상은 하고 있었지만, 한수의 실력은 그 예상을 훌쩍 뛰어넘고 있었다.

나이를 생각해 보면 괴물이나 마찬가지였다. 그것도 한두 분야가 아니라 다양한 분야의 요리를 이렇게 달인급으로 만들어낸다는 건 보통 일이 아니었다.

그리고 또 한 명은 얼음별의 메인보컬 유지아였다. 그녀는 안용식의 호평에도 불구하고 표정이 탐탁치 않았다.

애초에 그녀는 한식을 썩 좋아하는 편이 아니었기 때문이다. 한국어는 어릴 때부터 영어와 함께 배운 덕분에 능숙하게 할 줄 알았지만, 한식은 그렇지 않았다.

그의 부모님도 한식보다는 양식을 선호했고 살던 곳도 외국이다 보니 그녀가 더 많이 접하게 된 건 양식이었다.

그렇다 보니 최형준 쉐프의 요리에 더 많이 시선이 끌리고 있었다.

그러는 동안, 시간이 촉박하게 흘러가기 시작했다.

먼저 요리를 완성한 건 최형준 쉐프였다.

그가 플레이팅을 끝낸 갤런틴을 테이블 위에 올렸다.

Galant라는 단어의 뜻은 '우아하다'이다.

그 단어를 가져간 요리답게 최형준 쉐프가 만든 요리는 예쁘장했고 또 먹음직스러워 보였다.

최형준 쉐프가 혼신의 힘을 기울여 만들어냈음을 누가 봐도 알 수 있었다.

그리고 종료를 몇 초 안 남기고 한수도 요리를 완성했다.

그릇에 익은 닭고기 살을 발라 올린 뒤 그 위에 형형색색의 채소를 색 맞춰서 돌려 담고 마지막으로 안용식이 극찬한 깻국물을 부었다. 끝으로 잣까지 살짝 올려주자 제대로 된 궁중요리 임자수탕이 완성되었다.

한식 요리의 최강자 이영태 쉐프를 비롯한 모든 쉐프들이 가볍게 탄성을 토해냈다.

첫 번째 방송 출연에 첫 번째 도전과제를 맡게 돼서 적잖이 부담했을 텐데 그가 만들어낸 요리는 완벽 그 자체였다.

이제 남은 건 과연 얼음별의 메인보컬 유지아는 어떤 판정을 내리느냐 하는 것이었다. 일단 그녀는 먼저 완성된 최형준 쉐프의 갤런틴부터 맛보기 시작했다.

나이프로 갤런틴을 반으로 자른 다음 그대로 포크를 찍어 입에 넣고 오물오물 먹기 시작했다.

뼈를 발라내며 부서진 고기 조각들을 젤라틴 성분으로 뭉친 다음 원통형 덩어리로 만들어서 얇게 썰어내는 게 갤런틴이었다.

그 모양만 놓고 보면 김밥과 흡사했다. 하지만 최형준 쉐프가 만들어낸 갤런틴은 그 이상이었다.

정통 프랑스 요리 기법을 최대한 살리면서도 그만의 요리 기법을 활용했기 때문에 맛이 한층 더 살아 있었다.

유지아는 처음 그 맛을 느끼고는 그대로 얼어붙은 상태였다. 너무나도 맛있다 보니 도저히 말을 꺼내질 못하는 것이었다.

최형준 쉐프는 그 모습을 보며 가볍게 미소를 지었다. 이건 자신이 이긴 승부나 다름없었다. 그러나 한수가 만든 임자수탕. 저것이 내심 마음에 걸렸다.

만약 그것이 기적적으로 반전의 효과를 내놓게 된다면?

그러면 승부의 향방이 바뀌게 될지도 모를 일이었다. 그래도 최형준 쉐프는 최선을 다했다는 것에 만족하며 결과를 기다리기로 했다.

그렇게 유지아가 요리를 다 맛본 뒤 이번에는 MC 두 명과
쉐프들도 최형준 쉐프가 혼신의 힘을 다해 만든 갤런틴을 먹
기 시작했다.


잠시 뒤 그들은 탄성을 흘리며 저마다 엄지손가락을 치켜
들었다.

"와, 최형준 쉐프님이 완전 칼을 갈고 나왔네요. 새내기 교
육 같은 건가요?"

이영태 쉐프도 고개를 절레절레 저었다.

"진짜 어마어마한데요? 이 정도 요리는 진짜 반칙 아닙니
까? 이건 최형준 쉐프님이 유리하다고 봐도 되겠는데요?"

만화가 김형석은 연신 갤런틴을 집어먹는데 정신이 팔린
상태였다. 다들 한수를 쳐다봤다.

최형준 쉐프에 대한 호평이 압도적으로 높은 가운데 과연
그는 어떠한 표정을 짓고 있을까?

하지만 그는 담담했다. 전혀 두려워하지 않고 있었다. 오히
려 미소를 살짝 짓고 있었다.

그는 입가에 미소를 그린 채 유지아를 쳐다봤다. 그녀는 슬
쩍 임자수탕을 자신 앞으로 끌어왔다. 그리고 먼저 냄새를 맡
았다.

그녀가 눈을 동그랗게 떴다. 한식을 먹을 때면 항상 부담스러운 냄새가 나서 먹기 싫었는데 이 요리는 그렇지 않았다.

일단 거부감이 느껴지지 않자 그것을 먹는 건 어렵지 않았다. 그녀는 조심스럽게 젓가락을 집어 들었다.

그리고 완자를 채소와 함께 들어 올리고 그것을 입에 넣었다.

오물오물—

씹고 맛보고 즐기고. 그녀는 그걸로 모자라서 숟가락을 들었다. 그리고 이번에는 한수가 정성을 다해 걸러낸 깻국물을 한입 떠 마셨다.

여태 묵묵히 요리만 먹던 그녀가 입술을 떼었다.

"……정말 맛있어요."

그녀가 임자수탕을 계속 먹는 동안 여유 있게 만들어뒀던 임자수탕이 다른 쉐프들 앞에도 전달됐다.

그들 역시 숟가락으로 깻국물을 먹고 난 뒤 젓가락으로 완자와 채소들을 집어 먹었다.

그러나 이영태 쉐프는 젓가락을 쓰는 게 귀찮은지 그대로 숟가락으로 연신 임자수탕을 퍼서 먹기 시작했다.

쉐프들의 격한 반응에 최형준 쉐프도 호기심을 느꼈다. 그가 한수를 보며 말했다.

"한수 씨. 저도 한 그릇 줄 수 있어요?"

"예. 여기요. 저도 쉐프님 거 먹어봐도 되죠?"

"그럼요."

두 사람이 물물교환을 주고받았다.

그리고 처음 한수가 만든 임자수탕을 먹은 최형준 쉐프가 혼잣말을 내뱉었다.

"……미쳤네."

최형준 쉐프는 한수를 보자마자 이런 생각이 들었다. 불공평하다는 생각. 사람은 재능을 타고난다. 누구는 요리, 누구는 음악, 누구는 축구, 누구는 공부.

그는 항상 그런 생각을 해오곤 했다. 사람은 한 가지 이상의 재능을 타고나지만, 그 하나를 꽃피우는데 정말 오랜 시간을 들여야 한다는 것을.

그래서일까. 그는 한수가 사람처럼 느껴지지 않았다. 그동안 한수가 해온 일 때문이었다.

6개월 만에 재수해서 한국대학교 경영학과에 합격하더니 방송에 나와서 갖가지 재능을 뽐냈다.

거기에는「숨은 가수 찾기」에 나와서 보인 모창도 있었고 또「자급자족 in 정글」이나「하루 세끼」에서는 낚시도 곧잘 하는 모습을 보였다.

그 밖에 그에게 숨겨진 재능은 뭐가 더 있을까? 무엇을 더 잘할까?

최형준 쉐프는 입술을 깨물었다. 요리는 쉬운 분야가 아니다.

요리를 잘하려면 주방에서 선배한테 혼나면서 배우든 죽기 살기로 독학으로 익히든 유학을 가든 오랜 시간 공부하는 게 필요하다.

하지만 최형준 쉐프가 알기로 강한수는 어릴 때부터 요리를 배운 사람이 아니었다. 그가 몇몇 매체와 한 인터뷰를 보고 안 사실이다.

공 숙수에게도 전화를 해서 물어봤지만, 군대를 갔다 오기 전까지만 해도 요리를 하기 싫어해서 질색할 정도였다고 들었다.

그런 그가 바뀌기 시작한 건 군대를 갔다 온 이후다. 그때 패널들이 하나둘 입을 열었다. 제일 먼저 말을 꺼낸 건 장혁수 쉐프였다.

"정말 먹기 아까울 정도로 플레이팅을 예쁘게 하셔서 맛이 어떨지 엄청 궁금했는데요. 하하, 믿어지지 않을 정도네요. 강한수 씨한테 뭐 하나 개인적으로 궁금한 게 있는데 물어봐도 될까요?"

안용식 MC가 의아한 얼굴로 장혁수 쉐프를 쳐다보며 물었다.

"궁금하신 게 있으신가요?"

"예. 물어봐도 되죠?"

윤준석 MC가 한수를 바라봤다.

"강한수 씨, 괜찮으신가요?"

이건 대본도 없던 질문이었다. 그랬기 때문에 윤준석 MC가 한번 한수에게 예의상 물어본 것이었다.

한수가 고개를 끄덕였다.

"예, 괜찮습니다."

장혁수 쉐프가 한수를 부드러운 눈동자로 바라봤다. 그 눈빛에는 애정이 듬뿍 담겨 있었다.

"한수 씨, 어디서 이렇게 요리를 배우신 거죠?"

그 말에 다른 쉐프들도 한수를 바라봤다. 최형준 쉐프도 고개를 돌려 한수를 쳐다봤다. 사람들의 이목이 한수에게 집중됐다.

한수는 자신을 향해 집중된 시선을 느끼며 어색하게 웃었다. 그가 멋쩍은 목소리로 말했다.

"그게……「퀴진 TV」라는 채널이 있는데요. 그 채널을 틈틈이 보면서 배웠어요. 집에서 틈틈이 독학으로 연습을 해봤고요."

"어?「퀴진 TV」면 김경준 쉐프님이 한 번 출연해서 수비드 꼬숑 만드신 적 있지 않아요?"

제작진과 이야기를 주고받은 윤준석 MC가 말했다.

"제작진이 확인해 본 결과 김경준 쉐프님이「퀴진 TV」에 나오신 적이 있다는군요. 그리고 실제로 거기서 수비드 꼬숑을 만드신 적도 있다고 합니다."

"허허, 그 정도면 더 믿기지 않는데요? 방송을 본 것만으로 어떻게 만들지 파악하다뇨. 그것도 한두 요리가 아니라 수십 국적의 요리를 만드시는 걸 보면…… 진짜 할 말이 없네요."

그랬다. 현실적으로는 불가능한 이야기다.

텔레비전 한 번 봐서 그 요리의 조리법을 외우고 그 요리를 재현해 낼 수 있는 사람은 없다고 봐야 한다. 그러나 여기 그게 가능한 사람이 있다.

그것이 가능한 사람이 지금 눈앞에 실존하고 있는 것이다. 그렇다 보니 그들도 한수 말을 믿을 수밖에 없었다.

잠시 정적이 도는 가운데 윤준석이 이영태 쉐프를 돌아보며 물었다.

"한식 하면 이영태 쉐프님인데요. 어떠신가요?"

"하하, 조금 전 장혁수 쉐프님께서 이미 말씀하신 거 같은데요. 진짜 완벽한 임자수탕이었습니다. 게다가 유지아 씨가 한식에 대해 거부감을 느끼고 있는 게 마음에 걸리셨나 봐요. 향이 센 한약재 같은 건 아예 배제하셨더라고요. 원래 원기회복을 돕기 위해서 임자수탕의 육수에 한약재를 넣어서 끓이는 경우도 있거든요."

"그런데 그 한약재를 전부 빼셨다는 거죠?"

"예, 맞아요. 제가 볼 때는 유지아 씨를 배려해서 그렇게 만드신 게 아닌가 싶어요. 평소 한식을 즐겨 드시는 분이 아니면 한약재의 그 냄새와 쓴맛에 거부감을 느낄 수 있거든요."

"정확하게 짚으셨습니다. 최대한 한약재는 배제했지만, 임자수탕 고유의 맛은 살리고자 노력했습니다."

"이런 음식이라면 평소 한식을 싫어하던 사람들도 맛있게 즐길 수 있지 않을까 생각합니다."

극찬이 줄을 이었다. 이제 선택을 내려야 할 시간이 되었다. 유지아는 두 접시를 내려다봤다.

갤런틴은 두어 개가 남겨진 채 왼쪽에 놓여 있었고 한수가 만든 임자수탕은 밑바닥이 새하얗게 보일 정도로 국물 한 방울조차 남기지 않은 상태였다.

그녀는 망설이지 않고 결정을 내렸다. 생각보다 손쉽게 결정을 내리는 그녀 모습에 윤준석이 의아한 얼굴로 물었다.

"선택은 내리셨습니까?"

"예, 내렸어요."

"생각보다 결정을 손쉽게 내리셨는데요. 일단 결과부터 확인해 보겠습니다."

그리고 전광판에 결과가 떴다. 오늘 방송 첫 번째 대결의 승자는 바로 강한수였다.

그가 만든 임자수탕이 최형준 쉐프가 만든 갤런틴을 꺾은 것이었다. 윤준석이 유지아를 보며 물었다.

"강한수 씨를 선택하신 이유가 있나요?"

"그건…… 제 접시를 보면 아실 수 있을 거 같아요."

유지아가 수줍게 얼굴을 붉혔다. 카메라 스태프가 그녀 접시를 줌인했다. 현저한 차이가 있었다.

최형준 쉐프가 만든 요리는 두 개 남아 있는 반면에 한수가 만든 요리는 깔끔하게 비워져 있었다. 그녀가 수줍은 듯 미소를 지으며 윤준석에게 물었다.

"이런 걸…… 완뽕이라고 하죠?"

"예? 하하, 그건 짬뽕을 가리켜 하는 말인데…… 뭐, 이것도 해당은 되겠네요."

국물 한 방울 남김없이 싹 비워냈다. 쉐프들이 고개를 끄덕였다.

이영태 쉐프가 한수가 건넸던 임자수탕이 담겨 있던 그릇을 머리 위로 올리더니 거꾸로 뒤집었다.

그러나 아무것도 흘러내리지 않았다. 그 역시 '완뽕'에 성공한 것이었다.

촬영은 저녁 늦은 무렵에야 끝이 났다. 중간중간 쉬는 시간이 주어지긴 했지만 다들 피곤한 기색이 역력했다.

"수고하셨습니다."

"고생하셨습니다."

그래도 걸그룹 두 명이 함께 한 덕분에 이번 방송은 피로도가 덜했다.

쉐프들은 90도로 허리를 숙이며 인사하는 그녀들을 보며 삼촌 미소를 지었다.

몇몇 쉐프는 자신의 명함을 건넸다.

"언제 시간 나면 놀러 와요. 맛있는 거 만들어드릴게요."

"저희 가게에도 놀러 오세요. 사인 한 번만 해주시면 돼요. 하하."

그때 명함을 받고 머뭇거리던 유지아가 한수에게 다가왔다.

그녀가 한수를 보며 조심스럽게 물었다.

"혹시…… 명함 없으신가요?"

한수는 그녀 말에 머리를 긁적였다.

한수는 아직 명함이 없었다.

구름나무 엔터테인먼트에서 필요하면 명함을 파준다고 했는데 한수가 딱히 필요하지 않을 것 같아서 보류한 상태였다.

그런데 이렇게 아리따운 걸그룹 소녀가 명함이 있냐고 물어보자 괜히 아쉬운 마음이 들었다.

"명함이 없네요."

"그러면 휴대폰 번호라도 알려주시면 안 될까요?"

"예? 아, 그럼요. 문제없죠."

한수는 스스럼없이 휴대폰 번호를 알려줬다.

꾹꾹- 번호를 누르던 그녀가 환하게 미소를 지었다. 그리고 얼마 지나지 않아 한수 휴대폰이 울렸다.

"제 번호예요. 저장해 주세요."

해맑게 웃는 그 모습에 한수도 번호를 저장했다.

생각해 보면 연예인들과 전화번호를 주고받은 적은 몇 번 있었지만, 현직 걸그룹 멤버와 전화번호를 주고받은 건 이번이 처음이었다.

메인래퍼 신지희가 그런 유지아를 억지로 잡아끌었고 그녀들이 먼저 녹화장을 떠났다. 그렇게 두 사람이 떠난 뒤 쉐프들이 한수에게 가까이 다가왔다.

"하, 나도 십 년만 젊었으면 번호 따였을 텐데."

"그러게요. 걸그룹한테 번호도 따이고, 부럽다."

"……."

한수는 그들을 보며 뭐라 해야 할지 감을 잡을 수 없었다.

임자수탕 이야기를 하려는 줄 알았는데 정작 그들이 하는 대화 주제는 전혀 달랐다.

걸그룹에 관한 이야기가 주를 이루고 있었다. 자신은 오 년

만 젊었다고 된다고 하고 또 누구는 삼 년만 젊었어도 전화번호를 따였다고 하는 등 허세가 주를 이뤘다.

"자, 이제 회식하러 가야지."

"어디로 갈까요? 형준 형 가게로 갈까요?"

"혁수 형 가게는 어때요?"

그때 안용식이 그들을 향해 말했다.

"오늘 회식은 김경준 쉐프님 가게에서 하기로 했어요. 김경준 쉐프님이 공짜로 대접한다고 하시던데요?"

"뭐? 진짜?"

"크, 오늘 호강하러 가겠네."

"근데 이 시간이면 문 닫았을 텐데요?"

"김경준 쉐프님이 영업 끝난 다음 대접해 주신다고 하시더라고요. 자자, 움직이죠."

한수도 그들 사이에 껴서 함께 김경준 쉐프가 운영 중인 가게로 향했다. 그의 가게는 서래마을에 위치해 있었다.

그들이 김경준 쉐프 가게에 도착한 건 저녁 열한 시 무렵이다 되어서였다. 그러나 여전히 그 주변은 북적거리고 있었다.

인파 사이로 쉐프들이 줄줄이 내렸다. 몇몇 사람이 그들을 알아봤다. 특히 최형준 쉐프의 인기가 가장 많았다.

그는 「쉐프의 비법」에 출연 중인 쉐프 중에서 가장 인기가 많았다. 그렇게 쉐프들이 줄지어 가게 안으로 들어가고 한수도 그 뒤를 쫓았다.

"어? 강한수 맞지?"

"맞는데? 이번에 또 게스트로 나왔나?"

"아닌 거 같은데? 지난번에 윤환하고 함께 나왔었잖아."

"……설마 새로 오는 쉐프인 건가?"

"응? 그게 무슨 말이야?"

"지난주에 김경준 쉐프가 하차한다고 했었거든. 김경준 쉐프 대신해서 들어오는 걸지도 몰라."

몇몇 촉이 좋은 사람은 단숨에 추리를 끝냈다.

「쉐프의 비법」제작진들도 김경준 쉐프 가게 안으로 향했다.

꽤 많은 수의 사람이 영업이 끝난 김경준 쉐프 가게로 입장했고 그곳에서 그들은 시끌벅적하게 대화를 주고받았다.

술잔이 오고 갔고 저마다 요리하면서 힘들었던 이야기를 털어놓았다.

그러나 한수는 그 상황에 딱히 할 말이 없었다.

물론 집에서 연습하며 몇 차례 손가락이 베이고 다친 적도 있긴 했다.

하지만 이들이 고생한 바에 비할 거는 아니었다.

그때 김경준 쉐프가 수비드된 훈제 삼겹살을 가지고 나왔다.

매번 코스 요리를 바꿀 때도 메뉴판에서 절대 내려온 적 없는 김경준 쉐프의 시그니처 요리였다.

그런데 가니쉬가 조금 바뀐 상태였다. 항상 내놓는 가니쉬가 아니었다. 최형준 쉐프가 놀란 얼굴로 김경준 쉐프를 쳐다보며 물었다.

"어? 쉐프님. 가니쉬가 바뀌었네요?"

"지난번 한수 씨가 내 시그니처 요리로 나를 꺾지 않았던가? 그래서 나도 한번 가니쉬를 바꿔보기로 했지. 수비드 꼬숑에는 문제가 없으니까 가니쉬를 다르게 써보면 어떨까 해서 말이야."

"……대단하시네요."

최형준 쉐프가 고개를 절레절레 저었다.

그도 노력파이지만 김경준 쉐프의 열정도 대단했다.

완벽하다고 평가받는 자신의 요리를 개선하고자 새로운 가니쉬를 준비한 것이었다. 요리에 대한 그의 열정은 진짜였다.

"이 모든 건 한수 씨 덕분이야. 그 덕분에 내 요리가 한층 더 발전할 수 있었어."

한수는 멋쩍은 얼굴로 김경준 쉐프를 쳐다봤다.

"고맙네."

김경준 쉐프가 건네는 저 미소가 너무나도 눈이 부셨다. 그것도 잠시 한수는 그 말을 들으며 묘한 울렁거림을 느꼈다.

그리고 그는 또 하나 특별한 사실을 깨달을 수 있었다. 자신의 이 능력은, 그 능력을 원래 갖추고 있던 사람을 더 발전

시킬 수도 있다는 것을 말이다.

그것은 한수에게 있어서 색다른 깨달음이었다.

한동안 정신이 없었다.

촬영이 겹치고 겹쳐서 힘들기 그지없었지만 이런 기회조차 얻지 못해서 발버둥 치는 사람이 대부분이다.

그런 점에서 한수는 대단한 행운을 거머쥔 셈이었다. 그는 오랜만에 일정 없이 회사로 향하고 있었다.

광고는 지난번 의류 광고 말고도 두 개를 더 찍었다. 광고료가 늦어도 이번 주 안에는 정산될 것이라는 이야기를 들었다.

김 실장이 밴을 몰며 한수에게 말했다.

"오랜만에 쉬니까 어때?"

"어떻긴요. 당연히 좋죠. 하, 진짜 잠도 못 자고. 힘들어 죽는 줄 알았어요."

"일이 많긴 했지. 그래도 그만큼 네가 끼가 있으니까 부르는 거야. 알지?"

"그럼요. 앞으로 일정은 어떻게 돼요?"

"일단 IBC에서는 이번 주 안에 기획 회의 좀 하자고 하더라. 늦어도 다음 주까지는 촬영을 해야 한다고 하더라고."

10부작을 기획하고 찍은 뉴칼레도니아편은 4월 말쯤 방송이 끝날 예정이었다. 뉴칼레도니아 다음으로 내보낼 것도 찍어야만 했다.

 "어디로 간대요?"

 "작가님께서는 수마트라 쪽을 생각 중이신 거 같았어."

 "또 수마트라에요?"

 인도네시아.

 「자급자족 in 정글」의 단골 촬영지다.

 그만큼 촬영에 적합하기 때문이지만 한수는 요 근래 들어 인도네시아만 벌써 두 차례 다녀왔다.

 「자급자족 in 정글」 촬영 때문에 수마트라섬 인근에 있는 무인도에서 4박 5일 동안 머물렀고 「무엇이든 만들어드려요」 촬영 때문에 발리 옆에 있는 롬복에서 또 촬영해야 했다.

 "아무래도 그쪽이 촬영하긴 편하잖아. 거리도 가깝고 비용도 저렴하고. 그밖에 촬영지 선정도 편하고. 워낙 「자급자족 in 정글」 팀이 많이 가다 보니까 인도네시아 정부에서도 편의를 봐주는 걸로 알고 있거든."

 "저 촬영하는 동안 근처 휴양지에서 쉴 수 있어서 그런 게 아니고요?"

 "에이, 설마 그럴 리가 있겠어? 계속 너 걱정만 하고 있는데 무슨."

"……됐어요. 「자급자족 in 정글」 촬영 말고는요? 또 다른 일정도 있어요?"

김 실장이 운전을 이어가며 입을 열었다.

"그밖에는 OBC에서 하는 「쉐프의 비법」, 2주 뒤 촬영이 있을 거야."

"그건 고정이니까요. 그래도 「하루 세끼」하고 「무엇이든 만들어드려요」 촬영이 끝나서 다행이죠."

한수가 한숨을 살짝 토해냈다.

「하루 세끼」는 연일 호평을 받으며 1화 8.3%, 2화 10.1%로 시작했던 시청률이 12%까지 치솟았다.

케이블에서 하는 예능 프로그램치고는 정말 엄청난 시청률이 아닐 수 없었다.

지상파에서 트는 예능 프로그램도 10%를 넘기기 어렵다는 걸 감안하면 더욱더 그러했다.

그보다 더 중요한 건 「하루 세끼」 코어팬이 지속적으로 늘고 있다는 점이었다. 특히 「하루 세끼」가 주요 타깃으로 삼은 20대와 30대층에서 반응이 좋다는 게 고무적이었다.

어차피 40대는 드라마가 아니면 고정 팬으로 붙잡아둘 수 없다는 걸 감안할 때 「하루 세끼」는 시즌제로 계속 이어나갈 수 있는 성공적인 발판을 마련한 셈이었다.

"이번 주에 「무엇이든 만들어드려요」 첫방이지?"

"예, 금요일에 한 번 모인다고 하더라고요."

"주인공인 네가 빠지면 안 되겠지?"

"그럼요, 오랜만에 서현이 얼굴도 볼 겸 해서 가야죠."

"그밖에는「마스크싱어」녹화가 다다음 주에 있을 거야.「마스크싱어」는「쉐프의 비법」하고 녹화 주간이 겹치니까 움직이기 편할 거야."

「마스크싱어」는 격주 월요일,「쉐프의 비법」은 격주 화요일 촬영이다.

"이번 주「마스크싱어」방송타면 난리 나겠지?"

"글쎄요. 그것보다, 나온다고 해놓고서 말도 안 한 게 꽤씸해서……. 한 번 연락은 해봐야 하는데."

한수 혼잣말에 김 실장이 의아한 얼굴로 물었다.

"응? 누구 이야기하는 거야?"

"예? 아뇨, 실장님도 일요일 되면 알 수 있을 거예요."

그러는 사이 김 실장이 운전 중이던 밴이 구름나무 엔터테인먼트 사옥에 무사히 도착했다. 사람들과 인사를 주고받으며 회의실로 올라온 한수는 그곳에서 낯익은 얼굴을 또 마주할 수 있었다.

옆에 서 있던 김 실장도 혀를 내두르며 그를 바라봤다. 찰거머리처럼 착 달라붙어서 좀처럼 떨어지지 않는 사람.

그는 황금사단의 리더 황 피디였다.

구름나무 엔터테인먼트의 비좁은 회의실 안에는 모두 여섯 사람이 자리하고 있었다.

구름나무 엔터테인먼트는 본부장과 3팀장, 윤환, 여기에 한수까지 네 명.

TBC에서 건너온 건 강석훈 본부장과 황석영 피디, 이렇게 두 명이었다.

묘한 조합에 한수는 눈을 끔뻑이며 황 피디를 쳐다봤다. 그는 미소를 지은 채 한수를 바라보고 있었다. 황 피디는 금세 하늘을 날 것처럼 해맑은 표정을 짓고 있었다.

"이제 당사자도 왔으니까 허심탄회하게 이야기해 보시죠. 강 본부장님, 이번에는 어떤 일로 오신 겁니까? 혹시 「하루 세 끼」 때문인가요?"

구름나무 엔터테인먼트의 이강석 본부장이 강석훈 본부장을 바라봤다. 이강석 본부장이 그렇게 생각할 법한 이유가 있었다.

윤환과 강한수는 「하루 세끼」의 핵심 출연자들이었고 지난주에 9화로 대미를 장식한 「하루 세끼」는 시청률 12%의 최고 흥행작이었으니까.

그런 만큼 시즌2도 활발하게 논의되고 있을 테고 TBC에서도 강력하게 원할 가능성이 농후했다. 강석훈 본부장이 그 말에 미소를 지으며 말했다.

"그렇습니다. 당연히 「하루 세끼」는 시즌2를 제작할 생각입니다. 안 그런가?"

"물론이죠. 이렇게 시청률이 잘 나오는 프로그램을 시즌2 제작 안 한다는 게 말이 됩니까? 윤환 씨하고 한수 씨만 좋다면 저는 시즌2, 시즌3, 시즌4까지 계속해서 제작하고 싶은 바람입니다. 두 분도 시즌제로 하는 게 부담이 덜할 거고요."

황 피디가 환하게 웃었다. 실제로 「하루 세끼」의 성공 이후 방송가에서는 시즌제 도입에 관한 논의가 활발하게 오고 가고 있었다.

지상파는 시즌제를 도입하는 것에 대해 아직 부정적인 입장이었다. 왜냐하면, 지상파에는 오랜 시간 장수하며 꾸준히 코어팬을 쌓은 예능 프로그램이 대부분이었고 그런 프로그램들이 시즌제를 위해 당분간 휴방하겠다고 하면 코어팬들이 야단법석을 피울 게 분명했기 때문이다.

물론 시청자들이 제아무리 뭐라 해도 방송국에서는 그것을 한 귀로 듣고 한 귀로 흘릴 수 있는 힘이 있었다.

하지만 그보다 더 큰 문제는 광고주였다. 광고주 대부분이 시즌제를 선호하지 않았다. 그렇다 보니 지상파는 시즌제 도입에 대해 회의적인 반면 종편이나 케이블에서는 긍정적인 반응을 보이고 있었다.

특히 TBC는 지상파의 그 장수 프로그램에 염증을 느끼고 이직한 사람들이 대부분이었기 때문에 시즌제를 절실히 원하고 있었다.

또 하나 시즌제의 강점을 꼽는다면 야심 차게 준비한 프로그램이 시청률이 나오지 않을 경우 과감히 접을 수 있다는 점과 더 많은 피디가 입봉이 가능해지는 만큼 신선하고 획기적인 기획안을 내놓을 수 있다는 게 있었다.

이강석 본부장이 두 사람을 번갈아 보며 입술을 떼었다.

"저도 그 부분은 공감합니다. 그러면 「하루 세끼」 시즌2는 「무엇이든 만들어드려요」 다음 방송으로 내보내실 생각이십니까?"

황 피디가 대답했다.

"그것 때문에 말씀드리고 싶은 게 있습니다."

"예, 말씀하시죠. 황 피디님."

이강석 본부장이 황 피디를 바라봤다.

황금사단의 리더이자 황금의 손, 마이더스의 손으로 불리는 입지전적인 인물.

그는 피디이지만 거의 본부장 이상급으로 평가받는 인물이다. 그렇다 보니 이강석 본부장이 이곳 회의실에 함께 있는 것이었다.

물론 상대측에서도 그런 걸 배려해서 강석훈 본부장도 함께 보내긴 했지만, 그것만 봐도 TBC 예능국에서 구름나무 엔터테인먼트를 얼마나 높게 평가하고 있는지 알 수 있었다.

황 피디가 혀끝으로 마른 입술을 축였다. 그 모습이 마치 먹잇감을 노리는 배고픈 뱀처럼 느껴졌다.

"제가 ABC를 떠난다고 했을 때만 해도 많은 사람이 저를 멍청하다고 했습니다. 정말 이해할 수 없는 선택을 내렸다고 깎아내렸죠."

이강석 본부장이 3년 전 일을 떠올렸다.

황 피디가 ABC를 떠난다고 했을 때 연예계에서는 일대 소요가 일어났다.

그는 ABC 예능국을 기사회생시킨 인물이었다.

그가 만든 「원더풀 새러데이 −밥 좀 먹자!」는 새로운 피디가 물려받아서 지금도 시즌2로 계속해서 방송 중이었다.

물론 시청률이 형편없이 망가졌고 출연자들도 대부분 물갈이됐지만 그만큼 황 피디가 ABC에 사표를 던지고 떠난 건 충격적으로 받아들여졌다.

그리고 그가 강석훈 본부장이 있는 TBC에 입사했을 때 사람들은 그를 어리석다고 비웃었다.

그때만 해도 케이블은 지상파에 비해 너무나도 열악한 시장이었고 얼마 안 가 망할 거라는 이야기가 파다했다. 그러나 거의 2년 넘게 칩거했던 황 피디는 자신을 믿고 TBC까지 쫓아온 사단을 이끌고 TBC 첫 예능 프로그램으로 「하루 세끼」를 제작했다.

처음에만 해도 우려가 많았다.

그러나 뚜껑을 막상 까보니까 대박 중의 대박이었다.

이미 TBC가 금요일 예능을 지배하고 있다는 말까지 나올 정도였고 「하루 세끼」 다음으로 방송될 「무엇이든 만들어드려요」에도 시선이 집중되고 있었다.

이강석 본부장은 침을 꿀꺽 삼켰다. 저렇게 떡밥을 던져놓고 무슨 말을 하려는 건지 궁금했다.

황 피디가 미소를 띄웠다.

"그러나 저는 그때 그 위기를 기회로 만들었습니다. 그리고 지금 최고의 한 해를 보내고 있죠. 제 후배인 유 피디가 만든 「무엇이든 만들어드려요」도 대박이 날 겁니다. 그리고 저는 그다음 또 준비 중인 예능 프로그램이 있습니다."

"또요?"

이강석 본부장이 고개를 절레절레 저었다.

어쩌면 그는 「원더풀 새러데이 −밥 좀 먹자!」를 찍는 동안 새로운 예능 프로그램 수십, 수백 개를 기획해 둔 것일지도 몰랐다.

황 피디가 말을 이었다.

"처음 제가 생각했던 키워드는 크게 두 개였습니다. 하나는 여행, 다른 하나는 음악이었죠."

여행과 음악. 나쁘지 않은 조합이다.

"현실에 지쳐 위로받고 싶어 하는 현대인들에게 힐링이 되어줄 프로그램을 만들고 싶습니다. 금요일 저녁 퇴근한 다음 맥주 한잔하면서 볼 수 있는 그런 프로그램이죠."

"나쁘지 않군요. 프로그램 제목도 결정하셨습니까?"

이강석 본부장의 질문에 황 피디가 고개를 저었다.

"아직입니다. 막연한 구상이었거든요. 그냥 생각만 해뒀을 뿐 실제로 그걸 촬영하고 방송에 내보낸다는 생각은 미처 하지 못하고 있었습니다. 제 이상을 실현시켜 줄 사람을 찾질 못했거든요."

아쉬운 표정으로 말하던 황 피디의 눈빛이 바뀌었다. 그러더니 그가 한수를 또렷한 눈빛으로 바라보며 말했다.

"그런데 진짜 인터뷰에서 했던 말대로 저는 제 뮤즈를 찾았습니다."

"……."

한수는 떨떠름한 얼굴로 황 피디를 쳐다봤다. 설마 그가 말하고자 하는 뮤즈가 자신은 아니겠지? 그런 생각이 머릿속을 복잡하게 헝클어뜨렸다. 그러나 황 피디의 생각은 지고지순한 듯했다.

"「하루 세끼」를 촬영할 때부터 범상치는 않다고 생각했습니다. 첫날은 시래깃국으로 대충 때워 먹는 그림을 그렸는데 낚싯대를 쥐여주자 곧장 낚시하러 가서 생선을 그렇게 잡아 올 줄 누가 알았을까요?"

「하루 세끼」 촬영 첫날이 생각났다.

당장 저녁을 해 먹어야 하는데 제대로 된 재료 하나 없는 상황에서 황 피디가 건넨 건 통발과 낚싯대뿐이었다.

그러나 한수는 그 낚싯대로 돔을 잡아 왔고 첫날부터 진수성찬을 만들어 먹었다.

그 날 이후 황 피디는 어떤 식으로든 복수를 꾀했지만, 번번이 실패했다. 결국, 촬영이 끝날 때까지 황 피디는 한수한테 질질 끌려다닐 수밖에 없었다.

황 피디는 그때 한수가 했던 말이 생생하게 기억이 났다.

'피디님, 요즘에는 사이다가 대세라고요.'

그때부터였다. 어떻게 해서든 한수를 바득바득 굴리고 싶었다. 그렇게 해서 한수의 등골을 뽑고 거기에 그걸로 사골까지 우려낼 생각이었다.

그가 가진 재능.

그 한계까지 최대한 긁어모으겠다는 게 그가 새로 야심 차게 세운 복수였다.

거기에 윤환은 덤이었다.

"한수 씨, 윤환 씨 두 분과 제가 섭외하려고 공들이고 있는 한두 분을 더 포함해서 서너 분과 함께 힐링 여행을 떠나고 싶습니다."

"힐링 여행이요?"

"예, 음악으로 사람들을 치유하는 그런 여행이 될 겁니다. 알아보니까 한수 씨는 홍대에서 버스킹을 해보신 적이 있더군요. 윤환 씨도 젊었을 적 버스킹을 몇 차례 하셨고요."

"그거야 제가 한창 젊었을 때고 지금은 나이가 나이다 보니……."

윤환이 내빼는 듯하자 황 피디가 단호하게 못을 박았다.

"괜찮습니다. 윤환 씨, 저는 윤환 씨가 충분히 잘 해낼 거라고 생각합니다."

"그보다 한수가 그 정도 실력이 될까요?"

황 피디는 이강석 본부장을 빤히 쳐다봤다.

그리고 살짝 멈칫하는 이강석 본부장을 보며 나지막한 목소리로 물었다.

"위풍당당 아수라 백작님 정도의 실력자면 충분히 가능하지 않을까요?"

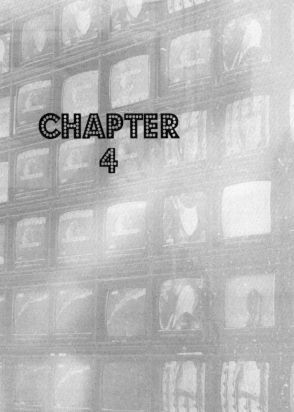

# CHAPTER
# 4

위풍당당 아수라 백작. 황 피디 입에서 나온 그 말에 회의실이 순간 조용해졌다.

윤환과 한수가 어색한 얼굴로 황 피디를 쳐다봤고 이강석 본부장도 조금 당혹스러운 표정으로 그를 바라보며 물었다.

"그게 무슨 말씀이시죠? 위풍당당 아수라 백작이라뇨? 그런 가수는 우리 소속사에 없습니다."

"하하, 그렇게 감추지 않으셔도 됩니다. 강한수 씨가 위풍당당 아수라 백작 맞죠? 다른 사람은 몰라도 저는 딱 듣자마자 강한수 씨밖에 안 떠오르더군요. 그 탁월한 모창 실력도 그렇고요."

"……."

"그런데 분명 지난번 외국 노래는 못 부른다고 하셨던 거 같은데 어떻게 된 겁니까?"

이미 황 피디는 한수를 위풍당당 아수라 백작으로 기정사실로 해놓고 이야기를 하고 있었다.

한수가 고민 끝에 황 피디를 쳐다보며 말했다.

"그렇게 티가 많이 났습니까?"

"아뇨, 아마 대부분 잘 모를 겁니다. 시청자들은 더욱더 그렇고요."

"황 피디님은 어떻게 아셨죠?"

"그동안 한수 씨를 면밀하게 관찰했으니까요. 홍대 버스킹 무대 영상, 윤환 씨 콘서트에서 노래 부른 영상, 그밖에 각종 프로그램에 나와서 노래 불렀던 것까지. 모든 걸 다 수집해 뒀습니다. 그래서인지 듣자마자 딱 한수 씨구나, 라는 생각이 들더군요."

두 사람이 나누는 대화를 듣던 강석훈 본부장이 눈을 휘둥그레 떴다.

"야, 석영아. 그게 무슨 소리야? 위풍당당 아수라 백작이 한수 씨라고?"

"예, 분명합니다."

강석훈 본부장도 이야기를 미처 전해 듣지 못한 모양이었다. 그는 믿어지지 않는다는 얼굴로 한수를 빤히 쳐다봤다.

1라운드, 딱 1곡이었지만 위풍당당 아수라 백작의 노래 실력은 무시무시한 수준이었다. 몇 안 되는 진짜 명품 가수가 나왔다는 생각마저 들 정도였다.

임태호, 못해도 윤환 정도 되는 가수가 「마스크싱어」에 용케 나왔구나, 라고 생각했다.

그런데 그 위풍당당 아수라 백작이 한수일지는 꿈에도 생각 못 한 일이었다.

"그건 중요한 게 아니에요. 제가 원하던 퍼즐이 완성됐다는 게 더 중요해요. 저는 이번에도 윤환 씨, 한수 씨 두 분을 모시고 싶습니다. 두 분과 함께라면 절대 흥행이 실패하지 않을 것 같다는 강렬한 예감이 있어요."

"……휴, 황 피디님. 죄송하지만 그건 어려울 거 같습니다."

그러나 암초는 다른 데 있었다.

이강석 본부장이 애석한 표정을 지으며 입술을 떼었다.

"죄송합니다만 윤환이는 당분간 촬영이 어렵습니다."

"예? 뭐 때문이죠?"

"곧 콘서트를 열 생각입니다. 국내 투어 이후 일본과 동남아시아 쪽에서도 투어를 진행할 예정입니다. 오래전부터 준비 중이던 프로젝트였는데 올해 제대로 진행하려 합니다. 황 피디님과 함께 찍은 「하루 세끼」 덕분에 환이 이미지가 요새 엄청 좋아졌거든요."

이강석 본부장은 은근슬쩍 황 피디 얼굴에 금칠을 칠했다.

하지만 황 피디의 표정은 아쉽기만 했다. 그가 원하는 최상의 조합은 강한수와 윤환 여기에 권지연을 포함시키는 것이었다.

권지연도 싱어송라이터이고 또 이번에 「마스크싱어」에 나온 걸 볼 때 충분히 섭외할 수 있다고 여겼고 실제로 섭외 중이었기 때문이다. 이미 유 피디가 엘레인 엔터테인먼트에 가서 그쪽 사람들을 설득 중이었다.

하지만 프로그램의 중심을 잡아줄 윤환이 빠지게 된다면 무게를 크게 잃을 게 뻔했다.

그렇다고 국내뿐만 아니라 해외 콘서트까지 준비 중인 윤환보고 콘서트를 취소하고 촬영을 도와달라고 할 수도 없는 일이었다.

"음……."

결국, 황 피디가 신음을 흘리며 생각을 정리했다.

'어떻게 해야 하지?'

완벽하다고 생각했던 자신의 기획에 균열이 발생하려 하고 있었다.

그렇게 머뭇거리던 황 피디 머릿속을 스치고 지나가는 온갖 생각들이 있었다.

개중에서 황 피디가 영화 한 편을 붙잡았다.

영화 원스(Once).

지금으로부터 12년 전 상영된 21세기 최고의 음악영화 가운데 하나.

황 피디가 이번 프로그램을 기획하면서 영감을 가장 많이 받은 영화이기도 하다.

거리에서 노래를 부르는 남자주인공과 그런 남자주인공의 노래를 들으며 사랑의 아픔을 느끼는 여자주인공 간의 만남. 음악을 통해 서로에게 강렬한 이끌림을 느끼며 감정을 쌓아가는 두 연인. 끝내 서로 이어지진 못하지만, 각자의 행복을 찾게 되는 영화.

그리고 여주인공이 남긴 뮬뤼에 떼베(Miluju Tebe)라는 대사로 인해 영화를 본 사람들의 마음을 절절하게 만들기도 했다.

남자는 기타를 등에 메고 여자는 청소기를 끌고 가는 장면이 인상적이었던 영화.

황 피디가 구상하고 기획했던 건 영화 원스의 영향을 적지 않게 받았고 그런 무대를 실제로 기획해 보고 싶어 했다.

그가 생각하는 예능의 종착점은 다큐멘터리였으니까.

그러다가 그는 문득 한 가지 조합을 생각해냈다.

강한수와 권지연.

두 사람이 만들어낼 그림은 어떠할까?

실제로 그 두 사람은 이번 「마스크싱어」에 함께 출연했고 아마도 자신의 예상이 맞다면 3라운드에서 맞부딪쳤을 것이다.

둘 중 누가 가왕이 되었느냐는 중요치 않다.

이미 두 사람 사이에는 접점이 있다.

게다가 두 사람이 함께 작업한 앨범도 곧 발매될 예정이다.

스토리를 만들어낼 수 있다는 이야기다.

음흉하게 웃는 황 피디를 보며 한수는 순간 소름이 쫙 돋는 것만 같았다.

그때 황 피디가 이강석 본부장과 3팀장을 보며 말했다.

"좋습니다. 윤환 씨는 콘서트 때문에 어려우시다면 한수 씨 한 명은 충분히 가능하겠죠?"

"예? 뭐, 한수는 「자급자족 in 정글」하고 「쉐프의 비법」 스케줄만 피해주신다면 문제는 없을 거 같습니다. 3팀장, 한수 일정이 어떻게 되지?"

"요새는 김 실장이 전담하고 있어서…… 그런데 딱히 문제는 없을 거 같습니다. 지금 한수가 출연 중인 방송은 그 두 개가 전부여서요."

"다행이네요. 이왕 이렇게 된 거 한수 씨하고 전속 계약을 해두고 싶습니다."

"예? 전속 계약이요?"

이강석 본부장이 고개를 갸웃거렸다.

황 피디가 머쓱하게 웃었다.

"TBC에만 고정 출연하는 걸로 전속 계약을 맺고 싶다는 뜻이었습니다. 하하."

이강석 본부장은 그런 황 피디 말에 헛웃음을 흘렸다.

그러나 한편으로는 황 피디가 그 정도로 한수를 아낀다는 의미였기에 기분 좋게 웃을 수 있었다.

금요일 저녁이 되었다.

야근이 없는 직장인들이 퇴근하고 피곤한 몸을 쇼파에 누인 채 리모컨만을 만지작거렸다.

그러다가 슬슬 시간이 9시 50분을 향해가기 시작했다.

예약해 뒀던 시간이 되자 화면 하단에 안내 문구가 떠올랐다.

「무엇이든 만들어드려요. 1화가 곧 방송됩니다. 바로 이동하시겠습니까?」

그는 주저 없이 리모컨 노란색 OK 버튼을 클릭했다.

채널이 변경되었다.

그러나 여전히 광고 중이었다.

그는 「하루 세끼」를 1화부터 지금까지 야근한 날을 빼면 빠짐없이 봐왔다. 그리고 「하루 세끼」가 종영됐을 때 그 상실감은 이루 말할 수 없을 정도였다.

그래도 시즌제로 한다고 하니 내심 다행이었다.

그러다가 이번에 새로 방송한다고 하는 「무엇이든 만들어드려요」 예고편 영상을 보게 됐다.

시작부터 버라이어티했다. 조합부터가 신선했다. 요즘 예능에서 가장 핫한 신예 스타 강한수에 배우 김서현, 거기에 원로배우 이현재 그리고 「하루 세끼」에서도 짐승남(이라 부르고 짐꾼이라 읽는다)으로 혁혁하게 활약했던 이승준까지.

그들이 롬복이라는 곳에 날아가서 그곳에 레스토랑을 연 다음 손님이 원하는 요리를 즉석에서 만들어주는 프로그램이었다.

대본도 없고 돌발 상황은 빈번하게 일어나며 모든 게 제멋대로인 프로그램.

알아보니 이 프로그램을 연출한 건 황금사단을 이끄는 황 피디의 후배 유 피디였다. 황 피디는 공동연출이었고 전면에 나서기보다는 뒤에서 돕는 역할이었다.

그렇지만 일단 소재 자체가 흥미로웠다. 무엇보다 외국에서도 강한수의 요리 실력이 통할지 그리고 진짜 무슨 요리든 다 만들 수 있는 것인지 그와 관련해서 흥미가 돋았다. 당연히 본방사수 할 수밖에 없었다.

그리고 「무엇이든 만들어드려요」 1화 방송이 시작됐다.

금요일 저녁, 「무엇이든 만들어드려요」 1화가 끝났을 때 시청자들의 반응은 난리도 아니었다.

「하루 세끼」의 공백이 무색하게도 그들은 열광적으로 반응을 했다. 1화 방송은 간단했다. 처음 제작진들이 회의 도중 새롭게 아이템을 짜냈고 유 피디가 그걸로 기획안을 만들었다.

처음 프로그램의 가제는 「한식당」이었다. 프로그램 취지는 한식 고유의 맛을 외국인에게 알리는 것이었다.

그리고 본격적인 섭외에 들어갔다.

제일 먼저 섭외된 건 강한수였다.

쉐프가 아니면서 쉐프보다 요리를 잘하는 사람.

게다가 황금사단하고는 「하루 세끼」부터 인연이 이어져 있었기 때문에 한수의 섭외는 당연한 것일지도 몰랐다.

그런 다음 섭외된 건 배우 김서현이었다. 장희연과 함께 초도에 방문한 적도 있었고 그 이후 「쉐프의 비법」에서 한 차례 한수를 언급한 적이 있었다.

세 번째로 섭외된 건 배우 이현재, 그가 맡은 역할은 다름 아닌 서빙이었다. 그때 5개 국어까지 가능한 그의 놀라운 어학 실력이 사람들에게 알려지며 감탄을 토해내게 했다. 그리고 마지막에 공항에서 합류한 승준까지.

각자의 역할이 뚜렷했고 저마다 특색을 갖추고 있었다.

그렇게 네 명이 인천국제공항에 모여 롬복으로 떠난 뒤 리

조트에서 하루 머물렀다.

그런 다음 한수가 처음 요리 실력을 발휘했다. 배우 이현재를 생각해서 그가 만든 요리는 한식이었다. 시작부터 사람들의 찬사가 이어졌다.

그러나 그만큼 비주얼이 극강이었다. 화면을 뚫고 맛있는 냄새가 솔솔 풍겨오고 있었다.

그 이후 승기기 주변을 돌면서 시장 조사를 한 뒤 그들이 앞으로 영업하게 될 「무엇이든 만들어드려요」 식당을 둘러보는 모습까지.

첫날 영업하는 모습은 나오지 않았다.

하지만 예고편에서 황 피디가 수작을 부렸고 다음 편을 기대하게 했다.

그리고 앓아누운 서현을 대신해 일일 아르바이트생으로 롬복까지 찾아온 정체불명의 여성까지.

권지연 코어팬들은 그 일일 아르바이트생이 권지연이라는 걸 단숨에 알아챘고 또 한 번 야단법석이 일었다.

그 정도로 「무엇이든 만들어드려요」가 낸 화제성은 엄청났다.

또, 그것은 자연스럽게 시청률을 통해 두각되고 있었다.

첫 화 시청률 12.4%.

「하루 세끼」 마지막 화 시청자를 거의 대부분 흡수해 버렸다. 게다가 이건 기존에 「하루 세끼」가 세운 첫 화 시청률 8.3%를 가뿐하게 뛰어넘는 기록이기도 했다.

그 덕분에 강남에서 회식 중이던 「무엇이든 만들어드려요」 팀은 TBC 예능국장이 하사한 법인카드로 신나게 소고기를 구워먹을 수 있었다.

그렇게 「하루 세끼」에 이어 「무엇이든 만들어드려요」까지 황금사단이 연출한 예능 프로그램이 연달아 히트를 기록하는 사이 사람들은 이제 일요일에 방송을 타게 될 「마스크싱어」에 주목하고 있었다.

이번 라운드에는 더욱더 막강한 도전자들이 참가를 했다.

권지연으로 추정되는 눈꽃 소녀 얼음공주와 여전히 정체를 알 수 없는 위풍당당 아수라 백작까지.

두 사람이 3라운드에 올라설 것으로 유력시되고 있는 상황에서 과연 그들이 어떤 노래를 부를지 온 관심이 집중된 상태였다.

한수네 가족도 다 함께 집에서 방송을 보기 시작했다.

부모님은 쇼파에 앉아 과일을 먹으며 열창 중인 눈꽃 소녀 얼음공주의 무대에 집중했다.

"진짜 노래 잘 하네."

"권지연 맞는 거 같죠?"

"음, 맞는 거 같기도 하고. 아닌 거 같기도 하고. 한수야, 저 눈꽃 소녀 얼음공주 말이다. 권지연 맞는 거 같니?"

"글쎄요. 저도 잘 모르겠네요."

한수가 어색하게 웃었다.

"오늘 누가 가왕이 되려나."

"눈꽃 소녀 얼음공주가 유력하지 않을까요?"

엄마 말에 아버지가 고개를 절레절레 저었다.

"위풍당당 아수라 백작도 있잖아. 접전이야. 둘 다 너무 잘해."

"그래도 한 명은 떨어질 테니……."

뒤이어 호리호리 은빛 여우와 위풍당당 아수라 백작의 무대가 펼쳐졌다.

위풍당당 아수라 백작이 부르는「사랑 그놈」을 들으며 아버지가 탄성을 흘렸다.

그렇게 2라운드도 끝이 나고 이제 3라운드 무대가 되었다.

눈꽃 소녀 얼음공주와 위풍당당 아수라 백작의 무대.

눈꽃 소녀 얼음공주가 부른 건「첫눈처럼 너에게 가겠다」였고 위풍당당 아수라 백작이 부른 건「슬픈 다짐」이었다.

둘 다 최고의 무대를 선사했지만, 승자와 패자는 나누어지게 되어 있었다. 그리고 승자가 결정됐다.

승자는 바로 위풍당당 아수라 백작이었다. 패자인 눈꽃 소녀 얼음공주가 가면을 벗었다. 방청객에서 경악 어린 비명이 터져 나왔다.

실제로 대부분의 사람들이 예측했던 대로 그녀의 정체는 바로 권지연이었다. 20대 여성 솔로 가수 중에서는 최고로 손꼽히는 그녀가 3라운드에서 패배하고 가왕의 자리에 오르지 못한 것이었다.

이제 사람들의 관심은 위풍당당 아수라 백작에게로 집중됐다. 과연 그는 누구인가?

그러나 여전히 누구도 그의 정체를 밝혀내지 못하고 있었다.


다음 날 아침 국내 최대 포털 사이트의 연예란 메인란을 가득 메운 건 「마스크싱어」와 관련이 있는 기사들뿐이었다.

월요일 아침 출근하던 직장인들은 기사를 검색해서 읽어보며 수군거리기 일쑤였다.

"와, 권지연이 「마스크싱어」에 나왔다고?"

"어제 볼 걸 그랬네. 친구들이 치맥 하자고 해서 호프 갔었는데."

"그런데 권지연이 떨어진 거야? 상대가 누군데?"

"위풍당당 아수라 백작이라는데? 한번 봐."

얼굴이 전후좌우로 네 개 달린 괴상한 가면을 쓰고 있는 남자 가수.

"가면 으리으리하네. 누구래?"

"잠깐만."

출근 중이던 회사원이 코멘트창을 확인했다.

보통 하루 정도 지나면 으레 추측성 댓글들이 달리기 일쑤다. 그러나 베스트 댓글을 확인해 봐도 위풍당당 아수라 백작이 누군지 알려주는 댓글은 전무했다.

오히려 자기들끼리 자기들 말이 맞다고 아등바등 다투고 있었다.

"아직 정체가 안 밝혀졌나 본데?"

"우리나라 네티즌 수사대 실력 많이 죽었네. 한 곡 부르면 딱 바로 알아차리더만."

"인지도가 부족한가 보네. 지난번 가왕이었던 그 누구야, 그 여자도 재즈 가수였잖아. 그래서 다들 못 알아봤고. 그런 경우 아닐까?"

"그럴 수도 있겠네. 노래 들어볼 수 있냐?"

"아씨, 데이터 무제한 아닌데…… 일단 들어보자."

그들은 이어폰을 나눠 낀 채 지하철 안에서「마스크싱어」무대를 보기 시작했다.

3라운드에서 권지연을 꺾고 가왕의 자리까지 차지하게 해준「슬픈 다짐」.

그 노래를 들어보기 위함이었다. 시작부터 터져 나오는 고음에 그들은 가볍게 몸을 떨었다.

그것도 잠시 쉴 새 없이 터져 나오는 날카로운 고음에 그들은 눈을 휘둥그레 뜨며 서로를 바라봤다. 그러나 한편으로는 호소력 짙은 목소리가 심장을 꽉 옥죄는 듯한 느낌도 있었다.

그렇게 노래를 반쯤 들었을 때 화면이 멈췄다. 그러고는 광고 화면으로 넘어갔다.

"아, 미친. 이거 반밖에 안 나오는데?"

"진짜 욕 나오게 하네. 음원 안 떴나?"

"한번 확인해 봐."

그들은 바쁘게 음원 사이트를 확인했다.

국내 최고의 음원 사이트인 루비(Ruby) 어플리케이션을 킨 다음 최신 음악 차트를 확인했다. 그리고 그들은 상위권을 싹 쓸이한 두 노래를 볼 수 있었다.

UBC 예능국.

「마스크싱어」 제작진 얼굴에서는 행복에 겨운 미소가 넘실거리고 있었다.

그리고 그건 SNS에서 회자되는 버즈양과 기사 노출 빈도 등으로 나타나는 중이었다.

"이 피디, 좋은 일 있어?"

연신 헤픈 웃음을 흘리며 지나치는 이 피디를 쏘아보던 한 예능 프로그램 피디가 앙칼진 목소리로 물었다.

"당연하지. 이거 안 봤어?"

그가 종잇조각을 흔들었다.

"그게 뭔데?"

"자, 보라고."

이 피디는 싱글벙글 웃음을 흘리며 A4 용지 한 장을 내밀었다.

그것을 본 사내가 얼굴을 구겼다. 그건 시청률 성적표였다.

피디에게는 천사의 합창이 될 수도, 악마의 속삭임이 될 수도 있는, 두 가지 얼굴을 갖고 있는 가장 무서운 녀석이다.

그러나 이 피디에게 이 A4 용지는 천사의 합창과 더불어 나팔 소리나 다름없었다.


1. IBC 「자급자족 in 정글 : 뉴칼레도니아」–16.8%

2. UBC 「마스크싱어」–시청률 13.7%

3. TBC 「무엇이든 만들어드려요 –시청률 12.4%

……(후략).


그는 상위권을 형성하고 있는 세 개의 프로그램을 보다가 눈매를 좁혔다.

「마스크싱어」는 월요일 오전을 화끈하게 달궜던 화제성만큼 높은 시청률을 기록했을뿐더러 음원 순위마저 나란히 1, 2등을 차지한 채 며칠 전 컴백한 걸그룹 노래마저 3위로 밀어내는 위용을 자랑하고 있었다.

옛말에 사촌이 땅을 사면 배가 아프다고 했던가?

그는 볼멘 얼굴로 이승수 피디 뒷모습을 노려봤다. 그렇지만 그래 봤자 아무 소용없다는 걸 누구보다 잘 알고 있었다.

이 분위기를 봤을 때 당분간 「마스크싱어」는 우리 동네 음악대장 이후로 오랜만에 또 한 번 승승장구할 게 분명했으니까.

'도대체 위풍당당 아수라 백작은 누구인 거야?'

온 국민의 관심사가 되어버린 '위풍당당 아수라 백작은 누구인가?'

같은 방송국에서 일하고 있는 그도 궁금해할 만큼 위풍당당 아수라 백작의 정체를 많은 사람이 궁금해하고 있었다.

경사가 난 곳은 UBC만이 아니었다. 오히려 가장 기뻐하고 있는 건 TBC 예능국이었다.

「하루 세끼」 종영 이후 시청자가 이탈할까 봐 염려했지만, 그 염려를 뒤로한 채 「무엇이든 만들어드려요」는 승승장구하고 있었다.

그뿐만이 아니었다.

시청자들은 1화보다 2화를 더 궁금해하고 있었다.

실제로 시청자 게시판에도 이미 적지 않은 글이 올라온 상태였다.

"유 피디, 축하해. 입봉작에서 이렇게 대박을 터뜨렸네?"

"이게 다 선배님이 지도해 주신 덕분이죠. 그리고 한수 씨 덕분이기도 하고요."

"그래. 진짜 신기한 사람이야. 정말 대단하기도 하고. 내가 왜 자꾸 그 사람하고 장기계약하려는지 알겠지?"

두 사람도 회의실에서 시청률 순위표를 확인 중이었다.

그리고 그들은 깜짝 놀랄 수밖에 없었다.

시청률 1위부터 3위까지.

이 세 가지 프로그램의 공통점을 찾아본다면 딱 하나가 존재했다. 이 세 가지 프로그램에 모두 공통된 출연자가 존재한다는 것이었다.

「자급자족 in 정글」에서 어느새 철만 못지않게 존재감을 뿜어내며 막내이지만 제2의 리더로 활약 중인 강한수.

「마스크싱어」에서는 위풍당당 아수라 백작이 되어 가왕의 자리를 차지했고 「무엇이든 만들어드려요」에서도 헤드 쉐프가 되어 주방을 총지휘하고 있었다.

머뭇거리던 유 피디는 고개를 절레절레 저었다.

"……진짜 놀랍네요."

"방송 시간대가 셋 다 다 달라서 그렇지. 만약 셋 다 똑같은 시간대였어 봐. 난리도 아니었을걸?"

"겹치기 출연은 다들 금기시하고 있으니까요."

"그렇지만 더 좋은 조건이 들어오면 다른 곳으로 떠날 수도 있지. 그래서 빨리 한수 씨를 붙잡아둬야 하는데…… 후, 골치 아파 죽겠어."

"「싱앤트립」 때문에 그러시는 거죠?"

황 피디가 고개를 끄덕였다.

「싱앤트립」, Sing 노래와 Trip 여행이 함께 하는 예능 프로그램.

황 피디는 이미 섭외에 열을 올리고 있었다.

그가 가장 공을 들이고 있는 건 권지연이었다.

방송국 관계자들도 권지연이 섭외된다면 편성을 내준다고 했기 때문에 그로서는 반드시 권지연을 붙잡아야 할 필요가 있었다.

방송국에서 그런 요구를 해온 건 다른 이유에서가 아니었다.

한수가 「자급자족 in 정글」에서 요리 실력을 어느 정도 입증받긴 했지만, 노래만큼은 「숨은 가수 찾기」에 나와 기가 막힌 모창을 선보였어도 그 이상을 보여준 적이 없어서였다. 그렇다 보니 한수를 가수로 생각하는 사람은 여전히 드물었다.

그래서 그가 위풍당당 아수라 백작이라는 사실이 여전히 대중에게 알려지지 않은 것이었다.

"권지연 씨는 섭외가 가능할 거 같아요?"

"일단 설득 중이야. 엘레인 엔터테인먼트 측에서는 예능 프로그램을 찍기보다는 이번에는 음방 활동하고 팬사인회에 집중하고 싶은 모양이더라고."

"……섭외가 어려울 수도 있겠네요."

"정말 오랜만에 컴백하는 거니까. 예전에 나오던 예능도 때려치우고 공들여서 만든 앨범이니까 그 정도는 이해해야지."

"대안은요?"

"만약 권지연이 안 되면 다른 사람을 찾아봐야겠지. 아니면 밴드를 꾸려도 되지 않을까 싶고."

"밴드요?"

유 피디가 깜짝 놀란 얼굴로 황 피디를 바라봤다. 여전히 국내에서 밴드에 대한 인식은 형편없었다.

그래도 최근 들어 다양한 오디션 프로그램들이 늘어나면서 기타나 피아노 등 여러 악기에 대한 선호도가 올라가고 있었다. 그러나 정작 기타나 피아노 치던 사람도 밴드를 해볼 생각이 없냐고 하면 질색하기 일쑤였다.

대부분 밴드는 구색 맞추기일 뿐, 실제로 사람들에게는 선호되지 않는다는 걸 어린아이도 알고 있어서였다. 그렇다 보니 유 피디도 황 피디의 말이 우려스럽게 들렸다.

그 표정을 읽은 걸까?

황 피디가 멋쩍게 웃으며 말했다.

"걱정 마. 농담이야. 뭐, 근데 한수 씨는 막말로 밴드를 꾸려주면 그걸로 외국에서 공연도 실컷 해낼 수 있을 걸?"

"「마스크싱어」에서 레드 제플린 노래를 부르는 걸 듣긴 했지만, 너무 짧아서…… 제대로 분간을 못 했거든요. 그런데 선배님은 뭘 보고 그렇게 믿으시는 거예요?"

"직감. 강한수는 반드시 붙잡아야 한다는 직감. 그래서 끈질기게 섭외하려 드는 거야. 이왕이면 둘이 오래오래 해먹을 생각으로 말이야."

"호호, 그거 나쁘지 않네요."

"기다려보자고. 내가 기획안만 기가 막히게 만들면 둘 다 끔뻑 넘어오게 될 테니까."

그러나 그게 실현될지는 여전히 미지수였다.

무명이었으면 모를까.

한 명은 벌써 5년 넘게 이십 대 여성 솔로 가수로 독보적인 지위를 굳힌 보컬리스트이자 싱어송라이터였고 다른 한 명은 누구든 금은보화를 싸 들고 섭외하고 싶어 하는 예능인이었기 때문이다.

「마스크싱어」 녹화 이후 권지연은 한동안 집 밖으로 나오지 않았다.

두문불출.

그녀는 모든 스케줄을 취소한 채 방 안에 칩거해 버렸다.

그러다가 음원 공개를 나흘 앞뒀을 때 그녀는 집에서 나왔다. 노심초사하고 있던 엘레인 엔터테인먼트는 그제야 안도할 수 있었다.

평소 그녀를 전담하던 매니저가 다급히 달려왔다.

"몸은 어때? 괜찮아?"

"알면서 왜 모른 척이에요. 그보다 앨범은 어때요?"

"예정대로 닷새 뒤 전국적으로 깔릴 거야."

"음원은요?"

"나흘 뒤 정오에 풀릴 거야. 그렇다 보니 본부장님은 네가 쇼케이스 한번 하는 게 어떻겠냐고 하더라."

"쇼케이스요?"

"어, 오랜만에 컴백 하는 거기도 하고. 또, 이번 앨범은 특별하잖아."

"특별하긴 하죠. 으드득."

그녀가 이를 악물었다.

매니저가 그녀를 보며 조심스럽게 물었다.

"근데 진짜 널 꺾······."

"오빠!"

"아, 알았어. 그러니까 위풍당당 아수라 백작이 강한수가 맞아?"

"「마스크싱어」 제작진이 출연시킨다고 했었다면서요. 그쪽이 약속을 어긴 게 아니라면 위풍당당 아수라 백작이 강한수가 맞겠죠?"

"······그런데 그 사람이 그렇게 노래를 잘했어?"

자신을 째려보는 권지연의 눈빛에 그가 당황하며 말했다.

"아니, 잘하는 건 알지만 너를 이길······."

"애초에 노래를 못 불렀으면 제가 그 사람하고 듀엣을 하자고 했겠어요? 기껏해야 피처링 한두 번 부탁하고 끝냈겠죠. 그보다 쇼케이스는 언제 하는지 알아봐 줘요."

"그건 또 왜?"

"강한수 씨도 초대해야 할 거 아니에요!"

"아, 그건 걱정 마. 이미 구름나무 엔터테인먼트하고 이야기 오고 가는 중이니까. 자기 이름도 걸린 앨범인데 참석 안 하겠어? 그리고 쇼케이스는 음원 공개 다음 날 할 거야. 메이든스퀘어 라이브홀에서 열기로 했어."

"알았어요."

그녀는 여전히 심통이 난 얼굴로 눈매를 좁혔다.

그때 녹화 날 이후 보는 것이었으니 벌써 2주나 지난 일이었다.

그동안 한수는 무엇을 하고 지냈을까?

아마 「마스크싱어」 무대를 한 번 더 녹화했을 것이다.

그러고 보니 그가 월요일에 출연한 「쉐프의 비법」이 생각났다.

걸그룹 멤버 유지아에게 맛있는 임자수탕을 해주던 모습이 생각났다.

갑자기 그 생각을 하자 괜히 심술이 더 돋는 것 같았다.

"누구는 탈락시켜놓고 연락 한 번 안 하고, 누구는 임자수탕인가 뭔가 하는 거 만들어주고. 칫."

그러나 먼저 연락하고 싶진 않았다.

그건 그녀의 마지막 자존심이었다.


그리고 나흘 뒤 루비(Ruby)에 권지연&강한수 1집 앨범이 발표됐다.

타이틀곡을 필두로 10곡을 꽉꽉 채운 풍성한 앨범이었다.

동시에 권지연과 강한수가 함께 부른 타이틀곡이 지붕을

가볍게 뚫기 시작했다.

그리고 한 시간이 지났을 때 두 사람이 듀엣으로 작업해서 낸 첫 앨범은 루비에서 줄 세우기를 시작하고 있었다.

두 사람이 듀엣으로 발표한 앨범이 루비 상위권을 점령했고 평론가들의 리뷰와 함께 앨범 감상평이 속속 올라오기 시작했다.

「2018년 상반기 최고의 앨범, 아니 2018년 최고의 앨범으로 평가할 수 있을 거 같다.」

「남녀 두 명의 완벽한 발성과 호흡이 만들어낸 천상의 하모니」

「호소력 짙은 감성으로 마음을 절절하게 울리는 명품 발라드!」

네티즌들의 리뷰 역시 호평 일색이었다.

─와, 역대급이다.

─진짜 귀 호강한 적은 오랜만이다.

─시파, 나 바로 음반 예약 구매해 뒀잖냐. 진짜 내가 루비 이용한 뒤로 CD 구입한 적이 없는데 이번에 처음 마음먹고 구입하기로 했다.

─잘했어. 지금 음반 사둬. 나중에 이거 품귀현상 빚어질 수도 있어.

―캬, 윤환 방금 팬카페에 글 남겼다기에 긁어옴.

제목 : 안녕하세요, 윤환입니다. 홍보차 글 남깁니다.

오늘 제가 아끼는 후배인 한수가 음원을 발매했습니다.

다들 루비에 음원 뜨신 거 보셨을 테죠?

제가 정말 좋아하는 후배고 또 저에게 정말 많은 영감을 주는 후배입니다.

노래도 되게 좋습니다.

다들 꼭 한번 들어주셨으면 감사하겠습니다.

짧은 내용이었다.

그러나 그 짧고 서투른 문장에 한수를 아끼는 마음이 잔뜩 녹아들어 있었다.

그러는 동안 입소문이 퍼져 나갔고 점점 더 많은 사람이 두 사람의 노래를 찾아 듣기 시작했다.

하지만 권지연의 팬이 압도적으로 많은 까닭에 대부분 찾아 듣는 건 권지연이 부른 노래들이었다. 한수가 부른 노래 세 곡은 상대적으로 묻히는 감이 있었다.

그래도 타이틀곡을 포함해서 두 사람이 함께 부른 노래가 나란히 1위와 2위, 3위를 차지하고 있었다.

그러면서 그들은 1집에서 부른 노래 열 곡 전부를 루비에서 '줄 세우기' 하는 데 성공할 수 있었다.

타이틀곡이 1위, 그다음 트랙 곡이 2위와 3위, 그리고 권지연이 혼자 부른 노래가 4위에서 7위, 한수가 혼자 부른 노래가 8위부터 10위까지였다.

동시에 가요계가 떠들썩해졌다.

평소 듀엣은커녕 피처링도 깐깐하게 받는 걸로 유명한 권지연이 처음 듀엣으로 앨범을 발매했는데 정작 그 상대방은 엘레인 엔터테인먼트 소속의 가수도 아니었을뿐더러 가요계에서는 무명이나 다름없는, 모창 능력자로 알려진 사람이었기 때문이다.

그렇다 보니 처음에만 해도 뜬소문이 잦았다.

구름나무 엔터테인먼트에서 거액의 돈을 쏟아부어 권지연에게 뇌물을 줬다는 등 별의별 소문들이 떠돌았다.

그럴 수밖에 없었다.

한수는 가요계에서 무명이었고 그의 노래 실력을 제대로 아는 사람은 열 손가락으로 꼽을 만큼 적었기 때문이다.

어쨌든 권지연과 강한수가 함께 부른 음원은 각종 음원 사이트를 휩쓸었고 그 태풍의 여파가 나타난 건 다음 날 열리기로 한 쇼케이스에서였다.

기자들은 와글대는 사람들을 둘러보며 혀를 내둘렀다.

그동안 여러 가수의 쇼케이스를 다녀봤지만 이렇게 반응이 뜨거운 곳은 단연 없다고 말할 수 있었다.

그렇다 보니 몇몇 기자들은 구름나무 엔터테인먼트나 엘레인 엔터테인먼트가 아르바이트생을 푼 게 아닌가 하고 의심할 정도였다.

게다가 또 하나 다른 쇼케이스 무대와 구별되는 점은 전체적인 연령층이 다소 높다는 점이었다.

대부분의 쇼케이스가 20대에서 30대가 주를 이루는 반면에 이번 쇼케이스는 10대에서 50대까지 그 연령대가 다양했다.

기자들은 줄을 선 채 메이든스퀘어 라이브홀로 입장하려 하는 수많은 팬을 돌아보며 연신 카메라 플래시를 터뜨렸다.


[권지연&강한수 1집 앨범 발매 쇼케이스 현장, 수많은 팬이 몰려 북새통을 이루다]


그들이 찍은 사진은 데스크에 곧바로 접수됐고 그 즉시 기사로 보도가 되었다.

그렇게 수많은 팬이 질서를 지켜가며 메이든스퀘어 라이

브홀로 입장할 때 이번 쇼케이스 무대를 준비 중인 사람이 있었다.

권지연은 평범한 흰색 무지티에 청바지를 입고는 전신거울에 비춰봤다.

늘씬한 몸매와 잘록한 허리 덕분에 라인이 두드러지게 살아나고 있었다.

그녀는 목 상태를 다시 한번 점검했다.

쇼케이스인 만큼 공연도 예정되어 있었고 라이브로 두세 곡 정도를 부를 예정이었다.

"그 사람은?"

"준비 중이에요."

권지연은 힐끗 맞은편 대기실을 쳐다봤다.

그곳에서는 한수가 코디네이터의 도움을 받아가며 쇼케이스를 준비하고 있었다.

얼굴이라도 한번 보고 올까 고민하던 권지연은 이내 쇼파에 주저앉았다.

"오빠, 쇼케이스가 몇 시부터 시작이랬죠?"

"오후 두 시. 너 근데 도대체 몇 번을 물어보냐?"

그녀는 벽에 걸린 시계를 올려다봤다.

작은 시곗바늘은 여전히 숫자 1과 2 사이에 걸쳐 있었다.

쇼케이스까지 남은 시간은 20분.

그 기다림이 오늘따라 유독 길게 느껴졌다.

기자들이 앞 열에 자리를 잡고 카메라를 설치한 채 쇼케이스가 시작하길 기다리는 동안 1층 뒷열과 2층에 자리한 오백여 명 가까이 되는 팬이 저마다 피켓을 들어 올렸다.

연령대도 다양하고 성별도 다양했는데 그들 중 태반은 권지연의 팬이었다.

한수의 팬은 오백 명 가까이 되는 사람 중에서 서른 명 남짓이었다.

그러나 기세 면에서는 전혀 나머지 사백칠십 명에 뒤지지 않았다.

그렇게 양측 팬이 모두 자리한 가운데 시간이 빠르게 지나갔고 쇼케이스가 시작됐다.

저벅저벅—

왼쪽에서는 흰 티에 청바지를 입고 있는 권지연이, 오른쪽에서는 깔끔한 세미 정장을 입고 있는 강한수가 걸어 나왔다.

두 사람이 걸어 나오자 팬들이 그 즉시 박수갈채를 보냈다. 권지연은 자신을 향해 다가오는 한수를 뚫어지게 바라봤다.

그는 입가에 미소를 띠운 채 자신에게 다가오고 있었다.

괜히 그 미소를 보자 나흘 전 했던 「마스크싱어」가 다시 생각났다.

한수는 몰랐겠지만, 그녀는 승리를 갈망하며 참가한 것이었다.

무조건 가왕이 되겠다고 결심하며 참가했지만 정작 가왕을 차지한 건 한수였고 그녀는 3라운드에서 떨어지고 말았다.

혹자는 이전 가왕과 한수의 표 차인 43표인데 비해 지연과 한수의 표 차인 단 7표밖에 안 났다고 하면서 지연도 충분히 가왕이 될 자격이 있다고 주장했지만, 모두의 비웃음을 살 뿐이었다.

결과론적으로 가왕이 된 건 한수였고 지연은 탈락했기 때문이다.

"으드득."

그때 천천히 다가오고 있던 한수가 지연에게 다가와서 작은 목소리로 속닥였다.

"표정이 좋지 않아요. 부드럽게 풀어요."

"……누가 좋지 않다는 건데요!"

"나한테 화난 일 있어요?"

"전혀요. 빨리 웃기나 해요. 기자들이 사진 찍잖아요."

지연이 툴툴거리며 하는 말에 한수가 밝게 웃어 보였다.

기자들이 카메라 플래시를 터뜨리며 사진을 찍었다.

그리고 1집 앨범 쇼케이스가 시작됐다.

권지연&강한수 1집 앨범 쇼케이스 시작 후 처음 두 사람이 함께 부른 노래는 이번 앨범의 타이틀곡 「별처럼」이었다.

감미롭고 서정적인 가사에 호소력 짙은 음색을 뽐내는 두 사람이다 보니 「별처럼」은 봄날에 딱 어울리는 노래라고 할 수 있었다.

그러나 음원으로 듣는 것과 라이브로 듣는 것의 차이는 어마어마했다.

팬들은 물론 앞 열에서 노래를 듣고 있던 기자들까지 멍한 얼굴로 두 사람이 주고받는 이야기에 귀를 기울였다.

이들이 부르는 건 노래라기보다는 서로에게 향하는 이야기 같았다.

마치 어릴 때 엄마가 잠자기 전까지 전래동화를 읽어주듯 그들은 서로의 속마음을 가사를 부르면서 그것을 읽어주듯 표현하고 있었다.

분명 짧지 않지만 짧게 느껴진 첫 무대가 끝난 뒤 두 사람이 머쓱한 얼굴로 서로를 쳐다보다가 관객석을 바라보며 고개를 꾸벅 숙였다.

쏟아지는 박수갈채 속에 권지연이 먼저 입을 열었다.

"감사합니다. 권지연입니다. 저와 한수 씨의 쇼케이스에 찾아와주셔서 정말 감사드려요. 여러분을 만나게 되어 정말 기쁩니다. 오늘 쇼케이스, 끝까지 잘 부탁드릴게요."

한수도 마이크를 쥔 채 입술을 떼었다.

"처음 뵙겠습니다. 강한수입니다. 오늘 권지연 선배님과 함께 노래하게 되어 영광입니다. 그리고 제게는 첫 앨범이자 첫 듀엣 앨범인 이번 「권지연&강한수 1집」 많은 사랑 부탁드립니다."

그렇게 두 사람이 팬들을 향해 인사를 한 다음 본격적으로 다음 노래를 시작했다.

이번 역시 듀엣곡이었다.

제목은 「폭포수」였는데 「별처럼」이 감미롭고 서정적이라면 「폭포수」는 두 사람의 폭발적인 고음을 시원하게 감상할 수 있는 노래였다.

그래서일까.

반주가 나오기 전부터 관객석 반응이 뜨겁게 달아올랐다.

이번 「폭포수」는 서로가 노래를 주고받다가 함께 노래를 부르기 시작하는데 그러다가 절정 부분에 이르렀을 때 서로가 서로에게 장난을 걸듯, 때로는 그게 경쟁이 되듯 서로 음을 주고받는 부분이 있다.

애드립인 줄 알았던 그 장면을 실제 라이브로 들을 수 있을지 다들 기대 중이었다.

그러는 사이 노래가 시작됐고 한수가 읊조리듯 내뱉는 중저음 목소리가 격조 높은 분위기를 연출했고 그 이어 이어

지는 지연의 맑고 고운 목소리가 차곡차곡 분위기를 적시게
했다.

그러다가 노래가 하이라이트 부분까지 이르렀고 서로 음을
주고받기 시작했다.

"아ㅡ"

"아ㅡ"

각자 음을 주고받으면서 고음의 끝자락까지 치솟았고 한수
가 그 뒷부분을 감싸 쥐며 노래를 마무리했다.

"와아아아아아!"

"언니이이이!"

"오빠~"

노래가 끝나자마자 환호성이 쏟아졌다.

자리에 앉아서 노래를 듣고 있던 오백 명 가까이 되는 팬들
이 벌떡 자리에서 일어나 기립박수를 보냈다.

기자들이 놀란 건 당연한 수순이었다.

그들은 혀를 내두르며 기사를 쓰기 시작했지만 난감했다.

지금 이 무대를 활자로 바꿔서 옮겨놓는다는 게 결코 쉬운
일이 아니었다.

자신이 방금 무대를 보며 느낀 감정, 생각, 그 밖에 여러
가지 이 느낌들을 어떻게 표현해야 할지 감이 잡히질 않아서
였다.

결국, 그들은 썼던 기사를 또 지우고, 또다시 지우는 등 기사를 쓰기는커녕 노트북 키보드를 빤히 내려다보며 한숨만 푹푹 내쉬고 있었다.

그 이후 이번에는 솔로 무대가 이어졌다.

우선 지연이 먼저 열 곡 중에서 자신이 가장 좋아하는 노래를 선곡해서 불렀다.

기자들이 그 모습을 보며 탄성을 흘렸다.

"역시 권지연이네."

"그러게. 한층 더 발전한 거 같지 않아?"

"괴물은 괴물이야. 지금 저 나이에 저 정도 경지라니. 애초에 말이 안 되는 이야기라고."

그사이 지연이 노래를 끝낸 뒤 쇼케이스 무대 위에 마련되어 있는 쇼파로 가서 앉았다.

이제 쇼케이스 무대 위에 서 있는 건 한수뿐이었다.

그는 리허설 때 미리 골라뒀던 노래를 부르기 시작했다.

첫 음을 듣자마자 지연이 눈매를 좁혔다.

그녀가 원한 건 故 장민석의 목소리였다.

그녀가 故 장민석의 목소리를 원한 건 새로 준비하는 앨범을 서정적이고 감미롭게 담아내고 싶어서였다.

비록 故 장민석의 목소리는 찾지 못했지만, 그와 흡사한 목소리를 찾아낼 수 있었다.

그러나 피처링으로 넣는 걸로는 그를 설득할 수 없었고 결국 지연은 듀엣 앨범으로 내자고 통 큰 제안을 할 수밖에 없었다.

우여곡절 끝에 노래를 녹음하게 됐지만 딱 한 곡, 한수가 넣고자 싶어 했던 곡이 있었다.

故 장민석의 유가족과 협의까지 한 끝에 리메이크해도 된다는 허락을 받을 수 있었던 곡.

한수는 마이크를 붙잡고 천천히 첫 음을 떼었다.

**또 하루 멀어져 간다.**

동시에 쇼케이스 현장이 침묵에 휩싸였고, 권지연도 눈을 감은 채 한수의 목소리에 푹 빠져들었다.

그리고 노래가 끝이 났을 때. 그 자리에 남은 건 고요함뿐이었다.

다들 눈을 감은 채 정적에 휩싸여 있었다. 그러다가 뒤늦게 하나둘 정신을 차렸다. 그들 눈가는 촉촉하게 젖어 있었다.

권지연도 뒤늦게 눈시울을 붉힌 채 정신을 차렸다. 그녀는 믿을 수 없다는 얼굴로 한수를 쳐다봤다. 도대체 어떻게 저게 가능한지 납득이 되질 않았다.

감동에 젖게 해서 간혹 그 사람을 멍 때리게 만들었다는 경우는 종종 기사를 통해 접하긴 했지만 그걸 두 눈으로 직접 보는 건 전혀 다른 경우였다.

그녀는 한수를 바라보며 입술을 깨물었다. 누군가한테 이렇게 분한 감정을 느끼게 될 줄은 생각지도 못했었다.

그녀는 첫 데뷔 때부터 언론으로부터 스포트라이트를 받았으며 두 번째 앨범부터 이번 앨범을 낼 때까지 순조롭게 꽃길만을 걸어왔었기 때문이다.

첫 앨범도 그렇게 성적이 나쁜 편은 아니었다. 다른 앨범들의 성적이 워낙 좋다 보니 자연스럽게 평가가 낮아진 것뿐이었다.

그렇다 보니 지금 이 상황은 그녀에게는 무척 낯선 것이었다. 게다가 좌절감을 느끼게 한 상대가 자신과 동갑내기라는 점이 그녀를 더욱더 힘들게 만들고 있었다.

차라리 동갑내기가 아니었으면 그동안 쌓아온 인생의 경험 함량 같은, 재능이 아닌 절대적인 시간을 필요로 하는 것 때문에 졌다고 승복했을 것이다.

그러나 동갑내기인 마당에 그런 걸 주장할 수는 없는 노릇이었다.

"쇼케이스는 여기까지입니다. 다들 노래 잘 들으셨나요?"

"예!"

"내일 음반 발매인데 오늘 저희가 부른 노래 말고 다른 좋은 노래가 그 안에 담겨 있습니다. 음원으로 들어주시는 것도 좋지만 음반으로 사서 듣는 것도 좋으실 거예요. 그럼 감사합니다."

"감사합니다."

권지연이 능숙하게 쇼케이스 무대를 마무리 지었고 한수도 고개를 꾸벅 숙인 뒤 무대를 내려오려 했다.

그때 뒤늦게 앵콜 소리가 연호 됐고 지연과 한수는 무대를 내려오지 못한 채 한 번 더 노래를 불러야 했다.

두 사람이 같이 부른 세 번째 노래였다.

그렇게 앵콜 곡까지 부른 뒤에야 그들은 쇼케이스를 마무리 지을 수 있었다.

쇼케이스가 끝나고 각자 대기실로 향할 때 권지연이 한수를 붙잡았다.

"무슨 일 있으세요?"

권지연이 눈매를 좁히며 한수를 노려봤다.

그것도 잠시 그녀가 한수를 바라보며 물었다.

"왜 안 물어요?"

"뭘요?"

"눈꽃 소녀 얼음공주가 저인 거 이미 다 밝혀졌잖아요. 왜 아무 이야기도 안 해요?"

"제가 알아야 할 이유라도 있는 건가요?"

"……."

권지연은 그 질문에 말문이 탁 막혔다.

생각해 보니 한수는 자신이 출연한다는 사실을 전혀 모르고 있었다.

어디까지나 권지연이 그와 경쟁을 해보고 싶어서 남몰래 부탁한 다음 「마스크싱어」에 출전한 것이었다.

당연히 한수는 그 사실을 전혀 모를 테고 왜 자신이 그것을 묻고 있는지도 이해 못 하고 있을 터였다.

권지연은 여태 자신이 뻘짓을 했다는 생각에 얼굴을 붉혔다.

그것도 잠시 그녀가 한수를 보며 물었다.

"황 피디님한테 이야기 들었어요?"

"황 피디님요? 아……."

저번에 황 피디가 「싱앤트립」에 함께 출연할 출연자를 섭외 중이라는 이야기는 듣긴 했었다.

원래 예상했던 멤버는 윤환과 강한수 그리고 권지연이었다.

그러나 윤환이 해외 콘서트 일정으로 인해 빠지면서 「싱앤트립」 역시 확정되지 못한 채 표류 중이었다.

어쩌면 이렇게 출연자를 구하지 못하고 흐지부지되면서 다음 아이템으로 넘어갈 수도 있는 일이었다.

"황 피디님께서 새로운 예능 프로그램을 기획 중인 건 알고 있어요."

"알고 있으니까 말하기 편하겠네요. 어때요? 할 생각 있어요?"

「싱앤트립」.

지금은 대략적인 컨셉만 전해 들었다.

세계 각국을 여행하면서 그곳에서 버스킹을 하고 버스킹을 해서 번 돈으로 다시 여행을 떠나는 프로그램.

나쁜 기획은 아니었다.

신선했고 다른 프로그램과 차별성을 둘 부분도 분명히 존재했다.

대부분의 음악 예능 프로그램이 오디션에 치중되어 있는 지금 이런 프로그램은 시청자들에게 좋은 이미지로 각인될 가능성이 컸다.

그뿐만 아니라 외부인의 시선에 민감한 우리나라 사람들의 특징으로 놓고 보건대 외국에 나가서 버스킹을 하고 그 사람들에게 박수갈채라도 받는다면?

당연히 국내에서도 반응이 난리가 날 게 분명했다.

실제로 「무엇이든 만들어드려요」의 전신이라 할 수 있는 「한식당」도 그와 비슷한 포맷을 취하고 있었다.

외국인들이 먹는 한식은 어떠한 맛일까?

그리고 그들은 한식을 좋아할까?

애초에 「한식당」이 지향하던 포맷은 그런 것이었다.

실제로 외국 여행은 한 번도 가본 적 없고 촬영으로만 접한 한수에게 외국 곳곳을 누비면서 음악 여행을 떠난다는 건 꿩 먹고 알 먹는 것이나 다름없었다.

하지만 한수의 표정은 어두웠다.

촬영 일정 때문이었다.

일단 조만간 「자급자족 in 정글」 촬영이 예정되어 있었다.

그뿐만이 아니었다.

한수는 지금 「마스크싱어」의 가왕이었다.

「마스크싱어」를 연출 중인 김명진 피디와 이승수 피디가 최대한 촬영 편의를 봐준다고 했지만 「싱앤트립」을 찍게 될 경우에도 촬영 편의를 봐줄지는 미지수였다.

격주에 한 번 촬영하는 것이라고 해도 부담감이 적지 않았다.

게다가 출연자들이 전부 다 섭외가 되지 않은 상황이다 보니 신중할 필요가 있었다.

하지만 지연은 「싱앤트립」 출연을 긍정적으로 생각하는 듯했다.

한수가 지연을 보며 물었다.

"「싱앤트립」에 출연하시려고요?"

"일단 누가 섭외되는지 봐야겠죠. 그래도 가능성은 열어두고 있어요. 「마스크싱어」에서 가왕 좀 된 다음 몇 달 우려먹으려고 했는데 어떤 분께서 가왕이 되시는 바람에 그건 힘들어졌거든요."

말 속에 가시가 담겨 있었다.

한수가 멋쩍게 웃었다.

"이건 농담이고요. 한수 씨가 「싱앤트립」 찍는다고 하면 저도 찍을 생각 있어요. 외국의 문화나 분위기는 어떤지, 그들이 우리 노래도 들어줄지 궁금하거든요…… 뭐, 굶어 죽지 않으려면 팝송 위주로 부르긴 해야겠지만요."

유쾌하고 당찬 지연의 말에 한수도 웃음을 터뜨렸다.

그녀 말이 맞았다.

한국어 노래만 부르다가 관심을 끌기는커녕 돈 한 푼 못 번다면 무전 투식을 하게 될 수도 있기 때문이다.

"첫 앨범 축하해요."

"선배님 덕분이죠. 감사합니다."

"……선배님은 되게 오글거리는데. 그러지 말고 말 편히 해요, 우리."

"그럴까요?"

"응, 동갑내기인데 여전히 존대하는 것도 그렇잖아."

"알았어, 그게 편하다면 나도 그래야지."

"그럼 「싱앤트립」 출연 잘 생각해 봐. 이왕 하는 거 노래 잘 부르는 사람하고 같이 가고 싶거든."

"왜? 굶어 죽기 싫어서? 크크."

"그것도 있고."

그리고 쇼케이스가 끝나고 앨범이 발매됐을 때 국내 대도시에 있는 대형음반매장이 말 그대로 개 털렸다.

거리를 걷다 보면 두 사람의 듀엣곡이든 솔로곡이든 가리지 않고 계속해서 흘러나왔고 1위부터 10위까지 줄 세운 것도 여전히 뚝심 있게 유지되고 있었다.

그렇게 점점 더 변해가는 주변 상황을 느껴가며 한수가 짧은 휴식을 마저 만끽할 때였다.

그의 휴식을 깨부수고 구름나무 엔터테인먼트를 찾아온 사람이 있었다.

어느샌가 구름나무 엔터테인먼트의 직원이 된 것처럼 자주 이곳을 들락날락 드나드는 그의 이름은 석영, 그는 황 피디였다.

황 피디가 구름나무 엔터테인먼트를 찾아온 이유는 전화로 들었다.

「싱앤트립」 출연자 섭외가 모두 끝이 났으며 이제 딱 한 명만 합류하면 되는 상황이라고 이야기했다고 한다.

그가 원하는 한 명은 강한수임이 분명했다.

얼마 지나지 않아 구름나무 엔터테인먼트에 도착한 강한수는 눈이 퀭한 황 피디를 마주할 수 있었다.

피골이 상접한 듯 황 피디는 지난번 만났을 때보다 더 삐쩍 말라 있었다.

"한수 씨, 어서 와요."

황 피디가 일어나며 손을 내밀었다. 한수도 그 손을 마주 잡았다.

"황 피디님, 무슨 일로 오신 거죠?"

"「싱앤트립」 때문에 왔습니다."

"그러나 황 피디님도 아시겠지만 제가 출연 중인 프로그램이 모두 세 개입니다. 「마스크싱어」와 「자급자족 in 정글」 여기에 「쉐프의 비법」도 출연 중이죠. 촬영 일정을 맞출 수 있을 리가 없습니다."

하지만 황 피디는 당당했다. 그가 웃으며 말했다.

"이미 세 곳과 연락을 취했고 협조를 얻어낼 수 있었습니다."

"협조를 얻어냈다고요? 어떻게요?"

"일단 「마스크싱어」하고 「쉐프의 비법」은 격주 촬영이니까 한 주는 뺄 수 있어서 편하더군요."

"그리고요?"

"「자급자족 in 정글」이 가장 큰 문제였는데 확인해 보니까 다다음 주에 촬영이 잡혀 있더라고요."

"그래서요? 설마……."

"제가 설마 그러겠습니까? 이번 주는 촬영하러 가기 힘들죠. 사전 조사차 선발대를 보내서 이곳저곳 꼼꼼히 둘러보게 했고 언제든 출발할 수 있긴 하지만…… 출연자들이 그것에 대해 거부감을 느끼겠죠."

"잘 아신다니까 다행이네요."

한수는 그제야 안도할 수 있었다.

"어쨌든 저는 어렵게 됐네요. 죄송합니다, 황 피디님."

"아, 그건 그렇고 이거 좀 봐주시겠어요?"

"예?"

한수는 의아한 얼굴로 황 피디를 쳐다보다가 그가 내민 종이를 확인했다. 그건 출연 계약서였다. 그러나 갑과 을을 적어야 하는 공간은 공란으로 되어 있었다.

"……진짜예요?"

"예. 세 프로그램 모두 협조를 해주기로 했습니다. 당장 이번 주에 가는 건 어려워도 보름 뒤에는 출발할 생각입니다."

"보름 뒤……."

"가장 좋은 건 한수 씨가 가왕 자리에서 내려오는 건데 그건 저희가 강제할 수 있는 사안이 아니니까요."

"저도 마찬가지입니다. 지연이를 꺾고 가왕이 됐는데 못해도 5주는 우승해야죠. 그래야 체면이 살지 않을까요."

"그럼 사인해 주시는 거죠?"

망설이던 한수는 계약서를 꼼꼼하게 살폈다. 불공정 계약서는 아니었다. 오히려 한수의 편의를 최대한 많이 봐준 것이었다.

아마 그도 이런 계약서를 만드느라 상당히 진땀을 뺐을 게 분명했다. 그렇게 한수가 계약서에 사인을 끝냈을 때였다.

황 피디는 입가에 희미한 미소를 띤 채 구름나무 엔터테인먼트를 떠났다.

그리고 그다음 날 연락이 찾아왔다. 또 황 피디였다.

「싱앤트립」 기획안 회의를 하고자 모였으니 한수 역시 와줬으면 한다는 게 그의 설명이었다.

한수는 어쩔 수 없이 김 실장이 운전 중인 밴을 타고 출연자들이 모여 있다는 카페로 향했다.

카페 바깥은 생각보다 한산했다. 보통 이보다 더 많은 팬이 주변을 둘러싸고 있는데 그렇지 않은 걸 보면 이들이 기획안 회의로 모인 게 전혀 알려지지 않았거나 혹은 대형 팬덤을 갖춘 톱스타들은 「싱앤트립」에 출연하지 않는다는 의미였다.

카페 안으로 들어가며 한수의 어깨가 짐짓 무거웠다.

또 한 번 무거운 짐을 떠안을 것 같은 느낌이 강하게 들었다.

그때였다.

카페 안에는 제작진 스태프들 몇몇이 카메라를 들고 벌써부터 촬영 중이었다.

한편 카페 프라이빗룸에서는 한창 기획안 회의가 진행되고 있었다.

한수가 뒤늦게 그 안으로 들어갔다.

그리고 그는 자신을 기다리고 있는 반가운 얼굴을 볼 수 있었다.

동갑내기 지연이었다.

"……진짜 「싱앤트립」 출연하는 거야?"

"어. 그때 무슨 소리 들은 거야? 가능성은 항상 열어두고 있다고 했잖아."

한수가 대답을 회피한 채 황 피디를 보며 물었다.

"그런데 더 없어요? 다른 출연자는 어디 갔어요?"

황 피디가 머쓱한 표정으로 말했다.

"제가 생각 중인 출연자는 원래부터 딱 두 분뿐이었습니다."

주변을 둘러보던 한수가 날카로운 눈빛으로 황 피디를 노려보며 물었다.

"……잠깐만요. 기획안 회의 아니었어요? 왜 이렇게 카메라가 많아요?"

머뭇거리던 황 피디는 기획안 회의는 하지도 못한 채 서류철에서 서류 두 장을 꺼내 한수와 지연에게 건넸다.

그것을 본 두 사람이 눈을 휘둥그레 떴다.

그것은 비행기 e−티켓이었다.

"어? 우리 여기로 가요?"

"잠깐만. 출발 시간이…… 망할."

그리고 출발 시간은 오후 여섯 시.

비행기가 뜨기까지 이제 4시간 남짓 남아 있었다.

# CHAPTER
5

한수와 지연, 두 사람은 패닉에 빠질 수밖에 없었다. 갑자기 이건 무슨 뜬금없는 상황이란 말인가.

서로를 쳐다보던 두 사람이 다급히 매니저를 찾았다. 황 피디가 웃으며 말했다.

"하하, 죄송합니다. 매니저분은 이미 회사로 복귀하셨습니다."

"……아니, 여권은요? 우리 짐은요? 저 옷은요!"

"그건 매니저님께서 미리 다 챙겨두셨습니다."

"……뭐, 뭐라고요?"

권지연이 눈살을 찌푸렸다. 한수도 마찬가지였다.

그가 당혹스러운 얼굴로 물었다.

"제 옷을요? 우리 집…… 설마."

"어머니께서 친절하게 챙겨주시던데요? 덕분에 흑역사도 다수 확보……."

권지연이 두 눈을 반짝반짝 빛내며 황 피디에게 물었다.

"흑역사요? 어떤 흑역사요?"

"아니, 지연 씨가 왜 거기 관심을 가지시는 겁니까?"

"뭐, 나중에 여러 용도로 써먹을 수 있지 않을까 싶어서요."

"그보다 두 분 이렇게 여유 부리셔도 되는 건가요? 이러다가 탑승 못 하실 수도 있어요."

"아."

두 사람이 벽시계를 쳐다봤다. 허둥지둥거리며 떠들다 보니 어느새 남은 시간은 3시간 50분 남짓이었다.

그들이 지금 있는 일산 킨텍스에서 인천국제공항까지는 대략 한 시간 거리였다. 차가 안 막힌다고 가정해도 사십 분은 넉넉히 잡아야 했다.

서로를 쳐다본 두 사람은 곧장 촬영진이 마련해 둔 밴에 올라탔다.

밴 뒤에는 낯이 익은 캐리어가 나란히 실려 있었고 그것만이 아니라 기타 두 대도 한쪽에 놓여 있었다.

기타를 확인한 지연이 한수를 보며 물었다.

"기타도 칠 줄 알아?"

한수가 고개를 끄덕였다.

「K-POP TV」하고 「Pop Nostalgia」를 보면서 기타, 피아노 등 다양한 악기도 함께 배울 수 있었다.

특히 「K-POP TV」보다는 「Pop Nostalgia」를 통해 배운 게 더 많았다.

「Pop Nostalgia」에서는 최신 팝송뿐만 아니라 블루스나 포크 등 다양한 음악을 다루고 있었고 개중에는 7080년 대에 유행한 노래도 많았다.

한수가 레드 제플린(Led Zeppelin)의 노래를 모창할 수 있었던 것도 「Pop Nostalgia」덕분이었는데 그 덕분에 지미 페이지(Jimmy Page)나 에릭 클랩튼(Eric Clapton) 같은 최고 기타리스트의 기타 주법을 자신의 것으로 만들 수 있었다.

물론 그들의 기타 주법을 자신의 것으로 만든 것과 별개로 실제 그 정도 실력을 낼 수 있는 건 아니었다.

그러기 위해서는 뼈를 깎는 연습을 필요로 했다.

그렇다 보니 지금으로서는 그냥 적당히 칠 줄 안다, 정도일 뿐 에릭 클랩튼이나 지미 페이지 같은 기타리스트의 실력을 따라 한다는 건 불가능하다고 봐야 했다.

그래도 기타는커녕 악기 하나 제대로 다루지 못했던 한수에게 텔레비전이 가져다준 능력은 진짜 다른 사람이 보기엔 사기적인 것이나 마찬가지였다.

"그럼 둘이 기타 메고 노래 부를까? 팝송 부를 줄 아는 거

뭐 있어?"

"웬만한 건 다 부를 수 있어. 기타는 그 정도까진 아니지만."

"블루스나 포크도?"

"어. 가능해. 록도 할 수 있고."

"장르는 다양하게 뽑아낼 수 있어서 다행이네. 나는 분야가 한정되어 있다 보니까……."

평소 권지연이 자주 부르는 노래는 R&B 발라드였다.

당연히 그에 맞춰서 노래를 골라야 했다.

"아델 노래는 가능할까?"

"어…… 음, 가능할 거야. 그 정도 감성을 담아내는 건 어렵 겠지만."

권지연도 국내에서는 감성 하면 1인자로 손꼽힌다.

그러나 아델(Adele)의 노래는 어려울 수도 있었다. 그녀의 가 창력이 아델보다 떨어져서 그런 건 아니다. 순전히 이건 언어 적인 차이 때문이다.

한국어를 모국어로 하고 있는 만큼 한국어로는 감정을 담 아낼 수 있지만, 영어는 모국어가 아니기 때문에 그 한계가 분 명히 존재할 수밖에 없었다.

그렇게 인천국제공항을 향해 달려가는 버스 안에서 음악적 인 토론을 나누고 있는 두 사람을 보며 황 피디는 입가를 씰 룩거렸다.

이 두 사람을 이번 「싱앤트립」의 주연으로 삼은 건 최고의
선택이 되어줄 것 같았다.

옆자리에 앉아 있는 유 피디가 두 사람의 대화가 끝나길 기
다렸다가 그들에게 미니 핸드백 하나를 건넸다.

지연이 동그랗게 눈을 뜨며 황 피디를 바라봤다.

"이거 제 가방인데……."

"하하, 훔친 거 아닙니다. 지연 씨 매니저한테 받은 거예요.
그 안을 확인해 보세요."

"같이 보면 되나요?"

"예, 그럼요."

미니 핸드백 안에는 두 사람의 여권과 파운드와 유로가 들
어 있는 은행 봉투 그리고 지도 등이 들어 있었다.

지연은 부리나케 한수 여권을 집어 들었다.

"에이. 이 정도면 사진 잘 나왔네. 포샵한 거 맞지?"

"……음."

그 틈에 재빠르게 지연 여권을 낚아챈 한수가 가볍게 신음
을 흘렸다.

지연이 도끼눈을 뜨며 한수를 노려봤다.

"내놔!"

"내 거 먼저 줘."

"야!"

티격태격하는 사이 황 피디가 지끈거리는 머리를 감싸 쥔 채 말했다.

"저기요, 두 분."

"뭔데요!"

"지도부터 확인해 보세요."

두 사람은 각자 여권을 주고받은 뒤 지도를 확인했다.

유럽 지도였다.

그런데 평범한 지도는 아니었다.

별표와 더불어 길게 줄이 연결되어 있었는데 별표가 쳐져 있는 지역은 런던, 파리, 스위스 그리고 이탈리아의 피렌체였다.

한수가 떨떠름한 얼굴로 황 피디를 쳐다보며 물었다.

"설마 여기 별표 쳐진 지역이 버스킹할 장소인 건 아니겠죠?"

"맞습니다."

"일정이 도대체 어떻게 되는 건데요?"

"3박 4일입니다."

"……왕복하는데 하루 걸리는 건 알고 계시죠?"

한국에서 유럽까지 비행기를 타고 걸리는 시간은 12시간 남짓.

그 의미인즉슨 무조건 하루는 이동하는데 시간을 소요해야 한다는 이야기다.

그런데 남은 2박 3일 동안 저 4곳을 모두 돌면서 촬영한다는 게 가능할까?

물리적으로 불가능한 일이다.

황 피디도 당황한 얼굴로 대답했다.

"설마요. 이번 촬영은 영국에서만 머무를 생각입니다. 런던하고 브라이튼 지역을 둘러볼 생각이에요."

"그러면 또 촬영이 있다는 건가요?"

"일단은요. 이번에 촬영하고 방송에 내보낸 다음 성적이 좋으면 꾸준히 다른 여행지도 돌 생각입니다. 별표 표시해 둔 지역이 앞으로 촬영을 생각 중인 곳이고요."

프랑스의 파리, 스위스, 그리고 이탈리아 피렌체까지.

한수가 황 피디를 보며 물었다.

"아일랜드 더블린은 안 가나요?"

"그곳도 가봐야죠. 이번에 말고 다음에요."

"어쨌든 이번 촬영은 런던 한 곳만 가는 거군요."

"예, 이미 촬영 허락은 다 받아뒀습니다. 날씨가 변수이긴 한데 별일 없을 거라고 생각 중입니다."

"이 돈은요?"

"숙박비입니다. 그밖에 식비나 생활비는 여러분이 직접 버스킹해서 모은 돈으로 해결하셔야 합니다."

유럽은 2인 1실을 써야 한다.

그렇다고 한수와 지연이 한 방을 쓸 수는 없는 일이었다.

결국, 방을 두 칸 얻어야 한다는 건데 저렴한 호스텔로 얻는다고 해도 1박에 6-7만 원은 든다고 봐야 했다.

숙소를 놓고 고민 중일 때 지연이 한수를 보며 물었다.

"도미토리는 어때?"

"도미토리? 그건 뭐야?"

"공용숙소 같은 곳인데 1층, 2층 침대에 나눠 자면 될 거야."

"여행 많이 다녔나 본데?"

"아니, 나도 친언니한테 들은 거야. 지난번에 여행 갔을 때 도미토리에서 머물렀다고 했거든. 그리고 런던이면 우리나라 민박 같은 곳도 있을걸?"

"민박?"

황 피디는 두 사람의 대화를 가만히 지켜볼 뿐 전혀 개입하지 않았다.

그들이 알아서 계획을 짜고 계획에 맞춰 행동하는 걸 보고 싶었기 때문이다.

날 것 그대로의 방송. 만약 어느 정도 연배가 있는 가수들을 모셔왔으면 이렇게 방송을 꾸미는 건 불가능했을 것이다.

그러는 사이 두 사람은 어느새 휴대폰을 꺼내서 런던에 있는 민박집을 알아보고 있었다.

황 피디가 그들을 보며 말했다.

"숙박하실 곳 정하시면 미리 말씀해 주세요."

"예?"

"저희 선발대가 이미 런던에서 대기 중이거든요. 그쪽 주인 분한테 촬영 허락은 받아야죠. 카메라 설치도 해야 하니까요."

"아, 예. 여기로 하려고요."

3월은 비수기라고 할 수 있었고 두 사람이 고른 건 2인실이 었다. 2층 침대 하나에 그 옆에는 두 사람이 함께 연습할 수 있는 여유 공간도 있었다.

원래 같이 자는 건 피할까 했지만, 숙박비를 아끼기 위해서 는 어쩔 수 없었다. 또, 2층 침대고 카메라가 설치될 것이기 때문에 문제 될 일도 없을 듯했다.

게다가 그들이 고른 2인실 가격은 2인 기준으로 64파운드( 약 11만 원).

황 피디가 건넨 숙박비가 40만 원이었으니 3박을 머무른다 고 해도 여윳돈이 남을 정도였다.

게다가 아침으로 한식을 제공하고 저녁에는 컵라면과 밥, 김치가 제공되는 등 먹을 걱정을 하지 않아도 될 것 같았다. 또다시 들이닥친 예상외의 상황에 황 피디가 당황한 얼굴로 입을 열었다.

"저, 저기 두 분. 이번 촬영의 목적은 외국에서 두 분이 버 스킹을 하는 것이긴 하지만 현지 사람들이나 런던에 여행 온 외국인들하고 숙소에서 자유롭게 대화하는 모습도 보여주고 싶은데 이왕이면 호스텔 같은 곳에서…….”

“그런 말씀은 애초에 없던 거 같은데요? 저흰 여기로 할래
요. 너는 어때?”

지연도 흔쾌히 동의했다.

호스텔로 가서 아침, 저녁 굶어가며 버스킹을 하느니 민박
집에서 여유롭게 버스킹을 즐기고 싶었다.

“대도시는 이래서 좋아. 우리나라 사람들이 곳곳에 있잖아.”

“……알겠습니다. 일단 이곳 민박집에 사람을 보내두겠습
니다. 예약은 하신 건가요?”

“예. 제 이름으로 이미 했죠. 어, 여기 되게 빠른데요? 바로
전화 왔네요.”

“…….”

용의주도한 한수를 보며 황 피디가 눈매를 좁혔다. 생각해
보면 한수와 촬영을 할 때면 번번이 이렇게 농락당하는 것 같
았다.

그러나 애초에 숙소를 정해두지 않은 자신의 잘못이었다.
이런 모습을 촬영하고자 미리 정하지 않은 것이었지만 그게
이렇게 불똥이 튈지는 생각도 못 했다.

별수 없는 일이었지만 크게 문제 될 건 없었다.

3박 예약을 하고 있는 한수를 보던 황 피디가 예약 확인을
끝낸 그에게서 휴대폰을 건네받았다. 그리고 TBC에서 곧 촬

영하게 될 텐데 협조가 가능한지 물어보기 시작했다.

"예. TBC의 황석영 피디입니다. 이번에 새로운 프로그램을 촬영하고자 런던을 가야 하는데요. 출연자분들이 그곳 민박에서 투숙하고 싶다고 하셔서요. 촬영 협조 가능할까요?"

그들은 처음 장난 전화가 걸려온 줄 알았다.

그러나 황 피디가 차근차근 설명하고 미리 연락해 뒀던 스태프들이 민박집에 도착한 뒤에야 그가 하는 말을 믿게 됐다.

그래도 무난하게 두 사람이 머물기로 한 2인용 도미토리에 카메라를 설치한 뒤 그들은 거실에도 추가적으로 카메라를 설치했다.

거기 투숙 중인 다른 여행객들에게도 허락을 구한 건 당연한 일이었다.

그러는 동안 그들이 탄 밴이 인천국제공항에 도착했다.

한수와 지연은 함께 밴에서 내린 뒤 캐리어를 끌고 탑승 수속대에서 수속을 밟기 시작했다.

인천국제공항에 몰린 여행객 중 일부가 두 사람을 알아보고 사진을 찍어댔다.

그래도 비즈니스석인 덕분에 빠르게 수속을 끝낸 그들은 면세점을 지나친 채 비행기로 향했다.

「싱앤트립」 첫 촬영을 위해 런던까지 12시간의 비행을 해야 할 시간이었다. 그렇게 비행기에 올라탄 뒤 한수는 이륙하자마자 스마트폰으로 DMB 서비스를 이용하기 시작했다.

한수가 집중해서 보고 있는 건 「Pop Nostalgia」 채널이었다.

런던으로 가는 12시간 동안 에릭 클랩튼이나 지미 페이지, 제프 벡 등 3대 기타리스트로 손꼽히는 그들의 기타 주법을 더 익혀둘 생각이었다. 그러나 비행기 안에서 기타를 칠 수는 없기에 그는 손가락만 튕기며 머릿속으로 그려낸 가상의 기타를 치고 있었다.

가만히 그 모습을 보던 지연은 어떻게 해서 한수가 저 정도 실력을 단시간 안에 쌓았는지 깨달을 수 있었다.

천부적인 재능 때문이라고 생각했지만 그게 아니었다. 그만큼 노력도 하고 있었던 것이었다.

그리고 두 사람이 탄 비행기가 12시간 만에 비행을 마치고 런던 히드로공항에 도착했다.

두 사람은 캐리어를 끌고 곧장 예약해 둔 민박집으로 향했다. 내일부터 있을 버스킹을 앞두고 시차에 적응할 필요가 있었다.

두 사람이 3박 4일 동안 머물기로 한 민박집의 이름은 런던홀릭(LondonHolic)이었다. 런던홀릭은 부부가 운영하고 있었는데 그들은 한창 부산을 떨고 있었다.

강한수와 권지연, 그리고 황 피디가 이끄는 제작진이 이곳 민박집에서 투숙한다고 해왔기 때문이다.

 물론 방이 많지 않다 보니 스태프들까지 머물 순 없었고 몇몇은 근처 호스텔에 방을 잡아야 했다.

 이곳 런던홀릭의 주인 중 하나인 이희지는 구석구석에 설치되어 있는 카메라를 쳐다보다가 남편을 바라보며 물었다.

 "괜찮겠지?"

 "그럼, 화장실은 아예 설치 안 했고. 여성분들이 머무르는 곳도 설치 안 했으니까 문제 될 일은 없을 거야. 그리고 3박 4일 동안만 머무르는 거잖아."

 "그래, 근데 진짜 기대된다. 무슨 방송 찍으러 여기까지 온 걸까?"

 "글쎄, 예능 프로그램이지 않을까?"

 "그거야 알지. 무슨 내용일지 궁금해서 그렇지. 언제 방송할지도 궁금하다. TBC에서 하겠지?"

 "그럼 「무엇이든 만들어드려요」 다음으로 하는 걸까?"

 "아마 그렇겠지?"

 거실에는 그들만 있는 게 아니었다. 이곳에 투숙 중이던 투숙객도 여섯 명 있었다.

 그들 중 네 명은 함께 여행을 온 친구들로 4인용 도미토리룸에 머무르고 있었고 두 명은 이곳에 와서 의기투합하게 된 여대생들로 런던홀릭에 단 2개 있는 2인용 실에서 투숙 중이었다.

"사장님, 근데 진짜 권지연 오는 거 맞아요?"

"거짓말 아니죠?"

"그거 때문에 오늘 야경도 안 보고 일찍 왔는데……."

그들 모두 눈에 불을 켠 채 민박집 부부를 바라보고 있었다.

그도 그럴 것이 권지연이 온다는 말에 야경도 내팽개친 채 숙소로 돌아왔기 때문이다.

오늘 하루 일찍 관광을 마치고 돌아온 여대생들도 호기심을 잔뜩 드러내고 있었다.

"아마 지금쯤 히드로공항에 도착했을 거예요. 그러니까 곧 오지 않을까요?"

"하, 진짜겠죠?"

"진짜니까 이곳저곳에 카메라를 설치해 둔 거겠죠? 저게 가짜 카메라일 리는 없잖아요."

"……아, 맞다. 사인받아야 하는데. 종이, 종이!"

"나는 사인 받자마자 단톡방에 자랑할 거야. 휴학하고 여행 왔다가 권지연 만났다고. 헤헤."

"병신아, 그러니까 오타쿠 같잖아. 크흠, 손 다시 씻고 올까?"

유난을 떨어대는 남자애들과 달리 여대생 두 명은 침착했다.

그러나 그게 내숭을 떠는 건지 아니면 진짜 관심이 없는 건지는 한눈에 봐도 척하니 알 수 있을 만큼 다리를 떨고 있었다.

그때였다.

초인종 소리가 울렸다.

이희지 남편이 인터폰을 확인했고 그는 인터폰 화면에 비친 얼굴을 보고 숨을 다급히 삼켰다.

"어, 어, 예. 아, 아, 안녕하세요."

[문 좀 열어주실 수 있을까요?]

"무, 물론이죠. 자, 잠시만요."

그가 떨리는 손으로 인터폰 자물쇠 키를 눌렀다. 문이 열리고 그녀가 들어오는 모습이 눈에 담겼다. 희지가 남편을 쳐다보며 물었다.

"왔어?"

"어, 와, 왔어. 근데 지, 진짜 예……."

"뭐? 예 뭐라고?"

"아, 아니야."

한편 촬영팀이 도착했다는 말에 이곳에 투숙 중인 투숙객들도 긴장한 기색이 역력했다. 그들은 두근두근 떨리는 마음을 가라앉힌 채 응접실에 앉아 촬영팀이 올라오길 기다렸다.

똑똑―

노크 소리 이후 촬영팀이 줄줄이 들어오기 시작했다. 카메라를 든 스태프들이 먼저 들어와서 세팅부터 해놓았다.

그런 뒤 올라온 게 황 피디였다. 황 피디는 이곳에 머무르는 투숙객들과 부부에게 한 번 더 양해를 구했다.

일련의 과정이 끝난 뒤에야 한수와 지연이 런던홀릭에 들어섰다.

"와…… 존예."

"얼굴 진짜 작다. 내 주먹만 해."

"닥쳐. 부끄럽게 만들지 좀 말고. 연예인 처음 보냐?"

"어."

"나도."

"젠장."

덤앤더머 같은 친구들 행동에 얼굴을 붉히는가 하면 뚫어지게 권지연을 쳐다보는 민박집 남편도 있었다. 그 모습에 이희지는 옆구리를 쿡쿡 찌르며 눈치를 줬다.

반면에 여대생들이 관심을 가진 건 지연이 아니라 한수였다.

요즘 방송에 꾸준히 나오는 만큼 낯이 익었는데 실물로 보니 훨씬 더 근사하게 느껴졌다. 무엇보다 요리를 잘한다고 알고 있어서일까? 한 번쯤 그가 요리해줬으면 좋겠다는 생각도 들었다.

"안녕하세요."

여전히 현실 세계에서 반쯤 떠나 있는 그들을 보며 지연이 먼저 인사를 건넸다.

"아, 안녕하세요! 한명대에 재학 중이다가 휴학하고 온 김명호라고 합니다."

"이 녀석 친구 장석진이에요."

몇몇이 다급히 대답을 해왔다. 희지가 두 사람을 보며 물었다.

"저녁은 드실 건가요? 숙박비는 3박이니까 192파운드 주시면 돼요."

"예, 여기 있습니다."

한수가 100파운드짜리 지폐 2장을 꺼내 건넸다.

그녀가 8파운드를 거슬러주면서 두 사람을 안내했다.

"두 분이 쓰실 방은 여기에요. 2층 침대고요."

"방 좋네요."

지연이 만족스러운 미소를 지었다. 두 사람은 여유 공간에 캐리어와 기타를 세워둔 다음 침대도 확인했다.

"네가 2층 쓸 거지?"

"1층 쓰면 안 될까?"

"……내려오다가 나 다칠 수도 있는데?"

"그냥 간단하게 가위바위보로 정하는 게 어때?"

"이 정도는 그냥 양보해 주면 어디가 덧나냐!"

"알았어, 내가 2층 쓸게."

티격태격 다투는 두 사람을 보던 희지가 머뭇거리며 타이밍을 잡다가 두 사람을 바라보며 물었다.

"뭐 제가 도와드릴 일 있을까요? 관광지 안내라든가 맛집이라든가."

"어, 음. 혹시…… 사람들이 많이 몰리는 곳이 어디일까요?"

"대부분의 관광 명소에 사람들이 많이 몰리죠. 그게 아니라면 피카딜리 서커스 쪽이 가장 사람들이 많죠. 그곳이 중심가니까요."

"피카딜리 서커스에서도 버스킹이 가능할까요?"

"……네? 버스킹요? 어, 아마…… 허락만 받으면 가능할 거예요. 그런데 버스킹을 하시려고요?"

"예, 그거 때문에 온 거거든요."

그때 스태프들을 독려하던 황 피디가 방으로 들어왔다.

"피카딜리 서커스에서 버스킹하시려는 거죠?"

"예, 그래야죠."

"그곳은 이미 제가 허락받아 뒀어요. 원래는 직접 공연을 보고 결정해야 한다는데 제가 국내 최고의 뮤지션들이라고 하니까 영상을 보고 나서는 선뜻 허가해 주더군요."

"다행이네요. 그럼 내일 바로 하면 되는 건가요?"

"아뇨, 그건 어려울 거 같고 내일모레로 잡아뒀어요. 내일은 버스킹할 사람들이 이미 다 정해져 있다더군요. 위치도 고정되어 있고 시간도 제한되어 있다 보니……."

"그럼 내일은 어디서 촬영해야 하죠?"

그때 희지가 두 사람을 보며 말했다.

"그러고 보니 코벤트 가든에서도 버스킹을 많이 하는 걸로 알아요. 남편하고 종종 거기 마켓 구경 갔다가 버스킹을 본 적이 있거든요."

"코벤트 가든? 한번 검색해 봐야겠네요. 도와주셔서 감사합니다."

"별말씀을요. 또 도움이 필요하시면 언제든지 알려주세요."

"아, 그건 그렇고 악기 연습을 해야 하는데 방음이 잘될까요?"

"오늘은 너무 늦어서…… 그리고 여기가 낡은 아파트다 보니 방음이 잘 안 될 거예요."

"오전에는 해도 상관없겠죠?"

"그럼요. 아, 그리고 오전 11시부터 오후 5시까지는 자리를 비워주셔야 해요. 저희가 청소도 하고 또 이것저것 준비를 해야 하다 보니……."

"알겠습니다. 샤워는요?"

"샤워는 샤워실 앞에 보면 자그마한 칠판이 있는데 그곳에 시간을 표시해두시면 돼요. 각자 시간을 정해서 샤워 중이에요."

대략적인 정보를 더 꼼꼼히 확인한 다음 부부가 2인실 방을 빠져나갔다.

두 사람은 문을 걸어 잠근 다음 머리를 맞대고 내일 있을 버스킹에서의 셋리스트를 짜기 시작했다.

셋리스트 대부분을 차지한 건 팝송이었다.

제이슨 므라즈(Jason Mraz), 마룬5(Maroon5), 아델(Adele) 등 유명 가수들의 노래가 셋리스트에 올라갔고 또 듀엣으로 불러야 하는 만큼 듀엣 노래도 포함시켰다.

게다가 한국에서 방송될 프로그램이다 보니 한국어로 된 노래도 몇 곡 넣었는데 부를 수 있을지 없을지는 알 수 없었다.

아무래도 그건 그날 버스킹 성적 여하에 따라 고민해 봐야할 듯했다.

만약 성적이 좋다면 서비스 차원으로 부를 수 있겠지만 성적이 좋지 않으면 셋리스트 전부 다 팝송으로 집어넣어야만했다. 먹고 사는 문제가 걸려 있어서였다.

황 피디는 두 사람이 머무르기로 한 민박집에서 아침과 저녁을 제공한다는 걸 알고 난 뒤 조건을 하나 더 추가로 걸었다.

그건 매일 하루 한 끼 그 나라의 현지음식을 챙겨 먹는 것이었다.

한수가 직접 재료를 사서 조리해 먹으면 안 되냐는 질문에 황 피디는 순간 어안이 벙벙한 표정을 지을 수밖에 없었다.

생각해 보면 한수는 「무엇이든 만들어드려요」에서 세계 각국 음식을 만들어낸 적이 있었다. 그런 그에게 영국 음식을 만드는 것은 식은 죽 먹기나 다름없었다.

황 피디가 결사적으로 반대한 까닭에 한수가 음식을 조리하는 건 불가능해졌지만 어쨌든 그들로서는 악착같이 버스킹을 해야 할 필요성이 생겼다.

숙박비를 선금으로 192파운드 낸 뒤 그들 수중에 남은 돈은 43파운드(한화로 73,000원) 남짓이었다.

"내일 버스킹 무조건 성공해야겠는데?"

"……그러게."

두 사람 모두 낯빛이 어두워졌다.

만약 그들이 있는 곳이 국내였으면 버스킹은 어려운 미션이 아니었을 것이다. 두 사람을 알아본 사람들이 바글바글 몰렸을 테고 그만큼 쏠쏠한 수입을 올렸을 것이다.

그러나 이곳은 영국이다. 그들을 아는 사람은 극소수다.

한류에 관심 있는 사람이 아니라면 그들은 이방인일 뿐이다. 그런 그들이 이곳 현지인들의 관심을 얼마나 잡아낼 수 있을지는 여전히 미지수였다.

그렇다 보니 내일 있을 버스킹이 여러모로 걱정될 수밖에 없었다.

한편 두 사람이 머리를 맞대고 셋리스트를 구상 중인 동안 거실에 앉아 오매불망 그들을 기다리고 있던 사람들은 모두 적잖이 당황한 상태였다.

"사장님, 두 명이 같은 방 쓰는 거예요?"

"그런 거 같던데요?"

"……헐."

"무슨 생각 하는 거예요?"

"아, 아니. 마, 말도 안 되잖아요! 어떻게 같은 방을 써요!"

"저기 설치되어 있는 카메라가 수십 개가 넘는데 무슨 일이 생길 수 있을 거 같아요?"

"그, 그건 그렇지만……."

그들도 아까 호기심에 비어 있는 2인실 룸을 둘러본 적이 있었다. 그리고 침대부터 시작해서 사각지대 없이 빼곡하게 설치된 카메라를 보고는 혀를 내두른 적이 있었다.

그것을 생각해 보면 제아무리 딴짓을 하고 싶어도 절대 할 수 없을 게 분명했다.

"그건 그렇고 무슨 촬영이래요?"

"두 분은 이곳 런던에서 버스킹을 할 거예요."

"버, 버스킹요?"

"그 홍대에서 자주 하는 그거 말씀하시는 거죠?"

"버스킹의 원조는 이곳 유럽이에요. 스페인어인 buscar에서 파생된 단어인 busk에서 유래된 용어죠."

"프로그램 제목이 뭐예요? 언제 하는데요?"

"제목은 「싱앤트립」이고 방송은 5월 초로 잡혀 있어요. 「무엇이든 만들어드려요」 다음으로 예정 중이에요."

"와, 시즌제인 건가요? 몇 부작이에요?"

"그건 아직 비밀이에요. 그러니까 방송 전까지는 어디 가서 밝히면 안 돼요. 알죠?"

"……아, 예. 그럼요. 아, 내일 공연 어디서 하는지 알려주실 수 있어요? 관광하다가 구경 가려고요."

"코벤트 가든에서 할 거예요."

"꼭 갈게요! 꼭이요!"

"예. 저야 좋죠. 아마 두 사람도 좋아할 거예요."

황 피디가 민박집에서 머무르고 있는 게스트와 대화를 하는 동안 밤이 깊어 갔다.

그리고 다음 날 아침.

한수는 평소보다 이른 시간에 깨어났다.

그는 훌쩍 2층 침대에서 내려왔다.

1층 침대에서 자고 있는 지연은 밤새 휴대폰으로 자신이 부를 노래 가사를 재차 외우고 또 계속 반복해서 연습한 듯했다.

그랬다.

오늘은 두 사람의 첫 버스킹이 있는 날이었다.

한수는 긴장의 끈을 바짝 조였다.

반드시 대박을 낼 생각이었다.

한수가 잠에서 깬 시간은 오전 여섯 시 무렵이었다.

그는 여전히 조용한 민박집을 둘러보다가 우선 샤워실로 향했다.

샤워실 옆에 놓인 칠판에는 샤워 시간이 적혀 있었다.

한수가 고른 건 여섯 시. 그는 제일 먼저 씻은 다음 바깥으로 나왔다.

어젯밤 만난 여대생 중 한 명이 다음 차례를 기다리고 있었다.

"아, 안녕하세요."

"안녕하세요. 어젯밤엔 경황이 없어서 인사를 못 했어요. 방송에서 자주 뵀어요. 유수영이라고 해요."

"예, 강한수입니다. 씻으실 거죠?"

"아, 네."

한수는 물기를 털어내며 주방으로 향했다. 주방에서는 민박집을 운영 중인 부부가 아침을 차리느라 정신없이 바쁘게 움직이고 있었다.

그들은 한수를 발견하곤 반갑게 인사를 건넸다.

"잠은 잘 자셨어요?"

"예, 편하게 잘 잤습니다."

"불편한 거 있으면 언제든지 말씀해 주세요."

"오히려 저희 때문에 불편하실까 봐 걱정이죠. 카메라가 많이 설치되어 있어서……."

"괜찮아요. 그보다 오늘은 코벤트 가든에 가셔서 버스킹하시는 건가요?"

"예, 그전에 사우스뱅크 센터에 들러야 할 거 같아요."

한수가 사우스뱅크 센터(Southbank Centre)에 들리려고 하는 이유는 버스킹 라이센스를 발급받아야 했기 때문이다.

원래는 버스킹 라이센스를 발급받기까지 꽤 오랜 시간이 소요되지만 황 피디가 미리 신청해 둔 덕분에 그들은 그 시간을 절약할 수 있었다.

하지만 황 피디는 어디까지나 영상을 보내둔 것이었고 그가 보낸 영상은 지연 것뿐이었다.

그렇다 보니 라이센스 발급은 즉시 나올 예정이지만 추가적으로 한 번 더 테스트를 받아야 했다.

특히 그들이 신경 쓰고 있는 대상은 지연이 아닌 한수였다.

지연은 이미 한국에서 엄청나게 인지도가 높았고 전 세계적으로 꽤 이름이 알려진 K팝스타였으니까.

"오늘 버스킹, 대박 나시길 바라요."

"감사합니다."

한수가 꾸벅 고개를 숙였다.

그리고 방으로 돌아왔을 때 지연도 이미 잠에서 깬 상태였다.

그녀가 부스스한 머리카락에 퉁 부은 눈으로 한수를 보며
물었다.

"몇 시야?"

"여덟 시 약간 안 됐어."

"아침 먹고 출발할 거지?"

"어, 사우스뱅크 센터에 들러서 라이센스 발급받고 코벤트
가든으로 넘어가야지. 오늘은 코벤트 가든, 내일은 피카딜리
서커스, 모레 브라이튼을 들렀다가 저녁 비행기로 출국한다
고 했으니까."

그들의 일정은 조금 빡빡한 편이었다.

첫날에는 사우스뱅크 센터에 가서 라이센스를 받은 다음
코벤트 가든으로 가서 버스킹을 해야 했다. 그 이후 귀가하거
나 아니면 근처 펍에 가서 맥주를 마시며 쉴 생각이었다.

그런 다음 둘째 날에는 피카딜리 서커스에서 버스킹을 할
예정이었고 셋째 날에는 새벽녘부터 브라이튼으로 넘어가서
버스킹에 도전하기로 되어 있었다.

셋째 날에 귀국이 예정되어 있기 때문에 브라이튼에서 버스
킹을 하는 대로 오후 무렵 돌아와서 저녁 비행기를 타야 했다.

"하루는 좀 쉴 수 있게 해줘야 하는 거 아니야? 비행기 티
켓을 어떻게 그렇게 끊어놓을 수 있대."

"황 피디님이 원래 좀 악랄해."

"그런 거 같아. 휴, 빅밴도 보고 런던아이도 보고 싶은데."

한수가 창가 너머를 가리켰다.

"어? 런던아이는 여기서도 보이잖아."

그들 숙소는 런던아이에서 멀리 떨어지지 않은 곳에 위치해 있었다. 그렇다 보니 창문을 통해서도 어렴풋이 보이긴 했다.

"……가까이서 보고 싶다고!"

"정 안 되면 저녁에 둘러보면 되지. 런던은 야경이 더 예쁘대."

"그래? 진짜?"

"어, 그보다 일단 씻고 와. 연습 좀 맞춰보고 가자."

"연습하자고?"

"응, 거기 문 열 시는 되어야 연다던데 굳이 빨리 갈 필요 없잖아."

실제로 사우스뱅크 센터는 런던아이에서 걸어서 십 분 거리에 위치해 있었다.

그 이야기인즉슨 그들의 숙소에서도 그리 멀리 떨어져 있지 않다는 의미였다.

코벤트 가든 역시 웨스트민스터 브릿지를 넘으면 바로 앞에 있었기 때문에 그들이 고른 숙소는 그야말로 버스킹을 위해 최적화되어 있다고 봐야 했다.

지연이 씻으러 간 사이 한수는 황 피디가 준비해 둔 기타를 케이스에서 꺼낸 다음 응접실로 나왔다.

방에서 칠까도 생각했지만, 응접실도 문제는 없을 듯했다.

그는 응접실에서 슬쩍 주변을 둘러봤다.

주방에서는 한창 부부들이 아침상을 차리고 있었고 여대생 두 명은 아침을 먹고 곧장 나갈 생각인 듯 짐을 꾸리고 있었다. 그리고 친구들끼리 왔다던 남자애 넷은 여전히 잠에 빠져 있었다.

지금 한수 옆에 있는 건 카메라 스태프 한 명뿐이었다.

시간은 어느덧 여덟 시를 향해 있었다.

그는 천천히 기타를 치며 노래를 불러보기 시작했다.

*Well you done done me.*

제이슨 므라즈의 명곡 가운데 하나「I'm yours」였다.

경쾌하면서 밝은 기타 목소리에 통통 튀고 맑은 한수 목소리가 곁들어졌다.

자그마한 목소리였지만 그 목소리에는 울림이 있었고 사람들을 끌어당기는 매력이 존재했다.

아침상을 차리던 부부도, 짐을 싸던 여대생들도 한수가 부르는 노래에 조금씩 귀를 기울이기 시작했다.

한수는 계속해서 노래를 불렀고 급기야는 여대생 두 명은 방에서 나와 응접실 소파에 앉아 한수 노래에 푹 빠져들었다.

"……엄청나다."

"저렇게 노래를 잘했어?"

부부가 서로를 쳐다보며 눈을 동그랗게 떴다. 두 사람은 한수가 저 정도로 노래를 잘 부르는지 전혀 몰랐다.

그렇다 보니 지금 한수가 부르는 노래가 더욱더 이질적으로 느껴졌다.

1절을 끝내고 한수가 애드립을 섞어가며 분위기를 끌어올렸다. 그리고 2절이 시작될 때 지연이 막 샤워를 끝내고 나왔다.

촉촉이 젖은 머리카락을 수건으로 감싸며 그녀도 멜로디에 귀를 쫑긋 세웠다.

그녀는 한수가 부르는 노래를 들으며 콧노래를 흥얼거렸다. 그의 목소리에는 아침부터 기분을 상쾌하게 만드는 매력이 있었다.

4분이 지나고 노래가 끝나자 다들 아쉬운 얼굴로 한수를 바라봤다. 한 곡만 듣기엔 무언가 아쉬움이 진하게 남았다.

다른 노래도 듣고 싶었다. 단 두 명의 청중을 보며 한수는 또다시 기타를 치기 시작했다. 반복되는 기타 리듬 속에 흥겨운 노래가 차곡차곡 퍼져 흘렀다.

*Just Shoot For The Stars.*

이번에 한수가 선곡한 건 Maroon5의 노래 가운데 단연 손꼽히는 명곡인 「Move Like Jagger」였다.

신나는 노래가 한수의 목소리와 합쳐졌다.

이펙터가 달린 베이스나 키보드가 없음에도 불구하고 기타 하나만으로도 그들은 원곡 분위기를 그대로 느낄 수가 있었다.

그리고 2분 16초가 되었을 때였다.

지연이 난입했다. 그녀가 크리스티나 아길레라(Christina Aguilera)가 피처링한 부분을 부르기 시작했다.


*You want to know how to make me smile.*


크리스티나 아길레라의 목소리와는 조금 어울리지 않지만, 지연 특유의 감성적인 보컬이 곁들어졌고 노래가 다 함께 어울려졌다.

그렇게 두 번째 노래까지 끝이 났을 때. 조용하던 응접실에 박수갈채가 쏟아졌다.

계속해서 노래를 듣고 있던 여대생들이 환호성을 내질렀다. 아침상을 막 차린 이희지도 누구보다 앞서 박수갈채를 쏟아냈을 만큼 분위기는 확 달아올라 있었다.

그때였다.

쿵쿵-

그들이 머무르고 있는 민박집 문을 두드리는 소리가 있었다.

희지의 남편이 현관문으로 향했다. 잠시 뒤, 남편이 돌아왔는데 그는 당혹스러운 표정을 지어 보이고 있었다.

"무슨 일이에요?"

"아, 옆집이야. 아침부터 노래 때문에 잠을 깼다고. CD 볼륨 좀 낮춰달라고 하더라고. 그러면서 스피커 어디 거냐고 성능이 되게 좋다던데?"

"예? 푸흡, 그게 뭔 말이에요."

"두 분이 노래 부르는 거 듣고 우리가 제이슨 므라즈하고 마룬5의 음반을 틀어놓은 줄 알대."

"……두 분, 정말 잘 들었어요. 진짜 대박이었어요."

한수가 어색하게 웃으며 대답했다.

"그냥 연습 삼아 불러본 거예요. 이따 버스킹 때는 제대로 불러야죠."

"저희도 시간 나면 꼭 찾아갈게요! 코벤트 가든 맞죠? 기대할게요."

"우리도요! 오늘 코벤트 가든에서 두 분 버스킹하는 거 보고 오려고요."

"저는 동영상으로 다 찍었다고요. 이건 가보로 간직할 거예요."

여대생 한 명이 뿌듯한 얼굴로 미소를 지었다. 그녀는 자신의 휴대폰을 자랑스럽게 들어 올리고 있었다.

"나도, 나도 보내줘."

"알았어, 카톡으로 공유해 줄게."

수군거리는 그녀들을 뒤로 한 채 그들은 아침 식사를 시작했다. 아직 남자애들은 일어나지 않고 있었다.

이야기를 들어보니 어젯밤 늦게까지 맥주를 마시다가 잤다고 했다. 아무래도 아침 식사가 제공되는 오전 10시까지 그들이 일어날 가능성은 희박해 보였다.

아침을 챙겨먹은 뒤 한수와 지연은 촬영팀과 함께 사우스 뱅크 센터로 향했다.

그곳을 책임지고 있는 협회장은 50대 중반의 영국인이었다.

악센트가 강한 영국식 영어로 그가 입을 열었다.

"여성분의 영상은 잘 봤습니다. 충분히 이곳에서 버스킹을 할 실력입니다. 이건 당신의 라이센스입니다. 그러나 남자분은 이렇다 할 실력이 확인되지 않았습니다. 따라서 당신은 테스트를 받을 필요가 있습니다."

한수도 능숙하게 영국식 영어로 대답했다.

"물론입니다. 필요하다면 테스트를 받도록 하겠습니다."

"가장 자신 있는 노래로 불러주시죠."

"기타 연주도 가능합니까?"

"물론입니다. 우리는 단순히 음악만 버스킹을 하는 게 아닙니다. 그림도 있고 악기도 있고 그밖에 다양한 활동을 지원하고 있습니다. 능력만 된다면야 뭐든 상관하지 않습니다."

협회장 말에 한수는 기타를 꺼냈다.

비행기에서 잠을 줄여가며 기타 치는 연습을 했고 이동 도중에도 틈틈이 기타를 만지작거리며 연습을 거듭했다.

게다가 「Pop Nostalgia」 채널에 대한 경험치도 50% 넘게 쌓이면서 한수는 추가적인 능력을 확보한 상태였다.

개중에서 그가 고른 건 악기를 다루는 능력이었다.

그 덕분에 한수는 평상시보다 악기를 다루는 능력이 20% 가까이 능숙해져 있었다.

이 정도면 전성기 시절의 에릭 클랩튼이나 지미 페이지를 따라하는 건 어려워도 그 반은 흉내 낼 수 있지 않을까 싶었다.

한수는 자신을 뚫어지게 바라보는 협회장을 보며 천천히 기타를 연주했다.

그리고 이번에 한수는 모창할 때처럼 그 누군가에 빙의된 것처럼 기타를 연주하고 있었다.

그것이 실력을 한층 더 끌어올리는 데 더 효율적이었기 때문이다.

협회장은 동양인 커플이 버스킹을 한다고 했을 때만 해도 영 탐탁하지 않았다. 그가 인종차별자여서 그런 건 아니었다.

한수와 지연, 둘 다 너무 어렸기 때문이다.

그래도 권지연은 한국에서 꽤 유명한 싱어송라이터이고 또 영국에도 이름이 알려진 톱스타였기에 라이센스를 발급했지만, 이 젊은 남자는 그렇다 할 실적이 없는 탓에 라이센스를 선뜻 발급해 주기 어려웠다.

그러다가 자신 있게 기타를 연주하기 시작한 한수를 보며 협회장은 자신도 모르게 쓰고 있던 안경을 몇 차례 고쳐 썼다.

그러나 자신만 놀라고 있는 게 아니었다.

여기 이 자리에 앉아 있는 지연과 촬영 중이던 제작진들도 당혹스러워하고 있었다.

그러는 사이 한수가 천천히 노래를 부르기 시작했다.

*Would you know my name.*

너무나도 유명한 노래.

에릭 클랩튼의 「Tears In Heaven」.

노래가 계속될수록 협회장은 자신도 모르게 시큰거리는 콧

잔등을 매만지며 충혈된 눈시울을 소매로 훔쳤다.

얼마 전 암으로 세상을 떠난 아내 얼굴이 흐릿한 그림자처럼 눈앞에 보이고 있었다.

그것도 잠시 붉게 충혈된 그의 눈동자에서 투명한 물방울이 뺨을 타고 흘러내렸다.

한수가 부르는 노래가, 그가 연주하는 기타가 자신의 감정을 요동치게 하고 있었다.

동시에 협회장은 한수를 보며 적잖이 당혹스러울 수밖에 없었다.

그가, 에릭 클랩튼과 겹쳐 보이고 있었다.

협회장은 믿을 수 없는 얼굴로 한수를 쳐다봤다.

저 동양인이 에릭 클랩튼과 겹쳐 보일 리가 없었다. 눈에 무언가 낀 게 분명했다. 그는 눈을 비비며 다시 한수를 쳐다봤다.

흐릿하긴 하지만 에릭 클랩튼의 그림자가 여전히 그하고 겹쳐 보이고 있었다.

급기야 그는 울음을 참지 못하고 터뜨렸다. 쉰이 넘은 협회장이 눈시울을 붉히고 있다가 울음을 터뜨리자 다들 조금 놀란 반응을 보였다.

황 피디를 비롯한 제작진들도 한수의 노래가 주는 울림을 느끼고 있었다.

또한, 그 노래에서 전해지는 진한 슬픔을 받았다. 다만 눈물을 흘릴 만큼 슬프지는 않았다. 그러나 저 중년인은 아예 대성통곡을 하고 있었다.

카메라로 사우스뱅크 센터의 협회장을 촬영하던 황 피디가 불현듯 든 생각에 고개를 끄덕거렸다.

'언어 때문이야.'

이틀 전 인천국제공항으로 오는 밴 안에서 두 사람이 나눴던 대화가 생각났다.

그때 한수는 지연이 아델의 노래를 부를 순 있겠지만 그 감성을 온전히 담아내는 건 어렵다고 했다. 그리고 그 이유를 언어적인 차이로 들었다.

지연 역시 모국어를 영어가 아닌 이상 그것은 불가능하다고 했었다. 지금 한수가 부르는 노래는 외국 팝송이었다. 당연히 가사는 영어로 이루어져 있다.

게다가 시나 노래는 은유적인 의미를 담게 되는데 그 나라 사람 혹은 그 문화권에 사는 사람이 아니면 그 뜻을 제대로 해석하기 어렵다.

그렇다 보니 자신들은 그 의미를 제대로 공감하지 못해서 울지 않는 데 비해 저 협회장은 연신 울음을 터뜨리고 있는 것이다.

어쩌면 그에게 숨겨진 아픔이 있는 것일지도 모른다.

그렇게 한수의 노래가 끝이 났다.

한수가 기타에서 손을 떼었을 때 협회장은 미리 발급해 뒀던 라이센스를 곧장 한수에게 내밀었다. 그리고 그가 숨을 거칠게 내쉬며 말했다.

"미안합니다. 제가 무례를 범했습니다. 오늘 코벤트 가든에서 버스킹을 하신다고요? 제가 하루 휴가를 내고 코벤트 가든으로 달려갈 수 없다는 게 이렇게 원통할 수가 없군요. 아마 코벤트 가든을 찾는 분들이 정말 기뻐할 겁니다."

여기 모인 사람들은 그가 진심으로 코벤트 가든에 있는 사람들을 부러워하고 있다는 걸 그의 표정을 보고 목소리를 들으며 느낄 수 있었다.

어쨌든 두 사람은 라이센스를 얻은 뒤 코벤트 가든으로 향했다.

드디어 첫 버스킹을 하는 날이었다.

한수와 지연을 유 피디와 함께 보낸 뒤 황 피디는 협회장실에 아직 남아 있었다.

황 피디가 조심스럽게 입술을 떼었다.

"협회장님, 실례가 아니라면 인터뷰 좀 가능할까요?"

협회장이 황 피디를 지긋한 눈빛으로 바라보며 물었다.

"내가 운 것 때문에 인터뷰하고 싶은 건가?"

"그렇습니다. 협회장님께서만 괜찮다면 인터뷰를 하겠습니다. 만약 불편하다면 인터뷰 없이 돌아가겠습니다. 무례를 끼쳐 죄송합니다."

"무례라고 할 것까지야. 조금 전 한스가 부른 노래가 뭔지 아는가?"

"에릭 클랩튼의 「Tears In Heaven」이죠."

"그 노래가 탄생하게 된 배경에 대해서도 알고 있나?"

황 피디가 고개를 끄덕였다.

"4살 된 아들 코너가 아파트 베란다에서 추락해 사망했고 그 슬픔을 이겨내기 위해 아들을 그리워하며 작곡한 거 아닙니까?"

"맞네. 가사에서도 그런 그리움을 진하게 느낄 수 있지."

*Would you know my name If I saw you in heaven?*
***내가 너를 천국에서 만난다면 너는 내 이름을 알까?***

협회장이 몇 마디의 가사를 읊조렸다.

황 피디 역시 음악을 사랑하고 또 그에 조예가 깊었다. 그랬기 때문에 그는 협회장이 읊조린 가사를 즉석에서 해석할 수 있었다.

황 피디가 재차 말을 꺼내려던 찰나에 협회장이 말을 이었다.

"육 년 전 아내와 사별했네. 췌장암이었어. 갑작스럽게 발견된 거라서 손 쓸 틈도 없이 아내는 세상을 떠났지. 조금만 더 잘해줄 걸, 내가 더 양보할 걸, 그런 생각이 불현듯 들더군. 그러나 때늦은 후회였어. 행복을 찾고자 했지만 이미 그 행복은 내 곁을 떠나버렸기 때문이야."

"……그렇겠죠."

황 피디는 그의 마음을 헤아릴 수 있었다.

만약 자신의 아내가, 자신의 자식들이 갑작스럽게 세상을 떠난다면?

온 세상은 새까맣게 물들어 버리고 말 것이다.

비통함에 쓰러져 누울 테고 아무것도 생각하고 싶지 않을 것이다.

그가 이렇게 힘을 내는 건 자신을 지탱하는 가족들 때문이니까. 퇴근하고 잠든 아이를 보며 그 아이의 머릿결을 쓰다듬어주고 싶어서였다.

"그런데 오늘 한스의 노래를 듣고 내면에 숨겨뒀던 그 슬픔이 봇물 터지듯 흘러나오고 말았네. 정말 애절하고 서글픈 감정이 내 마음을 촉촉이 적시더군."

"……좋은 말씀 감사합니다."

"또 하나 신기한 건 그에게서 에릭 클랩튼의 모습이 겹쳐 보였다는 거야."

"잘못 보신 거 아닙니까?"

"나도 맨 처음에는 내 눈이 침침해져서 잘못 본 건가 싶었네만 그건 분명히 에릭 클랩튼이었어. 어떻게 된 일인지 모르겠지만 저 청년은 에릭 클랩튼의 기타 주법이나 노래를 기가막히게 따라 부르더군. 허허, 정말 경이로운 재주야. 물론 에릭 클랩튼을 똑같이 따라 한 건 아니지만."

"인터뷰 감사합니다. 정말 많은 도움이 되었습니다."

"솔직한 내 소감일 뿐이야. 그게 도움이 되었다면 다행이군."

"그럼 이만 가보겠습니다."

황 피디는 고개를 꾸벅 숙인 뒤 협회장실을 빠져나왔다. 그리고 카메라 스태프와 함께 코벤트 가든으로 가고 있을 한수 일행을 따라잡기 위해 뛰기 시작했다.

가만히 그 모습을 지켜보던 사우스뱅크 센터의 협회장은 망설이던 끝에 휴대폰에 저장되어 있는 번호로 전화를 걸었다.

신호음이 몇 차례 가고 얼마 지나지 않아 상대가 전화를 받았다.

―오, 조셉. 오랜만이군. 그동안 잘 지냈나? 사우스뱅크 센터의 생활은 어떤가?

"물론 저야 잘 지내고 있죠. 당신은 잘 지내고 계십니까?"

―허허, 다 죽어가는 늙은이 아닌가. 언제 죽어도 이상하지

않은 상태지.

"농담이 과하십니다. 당신을 잃는 건 지미를 잃는 것만큼 정말 슬픈 일입니다. 그런 말씀은 앞으로도 하지 않으셨으면 합니다. 제 마음이 무너지려 하거든요."

－하하, 나를 그렇게 생각해 준다니 고맙군. 지미…… 정말 보고 싶은 친구지.

"당신의 라이벌이기도 했죠."

협회장 조셉이 눈시울을 붉혔다.

최고의 기타 연주자 중 한 명으로 손꼽혔던 지미 헨드릭스 (Jimi Hendrix).

그러나 그는 27세라는 젊은 나이에 약물 과다 복용으로 인한 합병증으로 사망했다.

전 세계가 위대한 기타리스트가 될 수 있었던 젊은 천재 기타리스트를 잃어버린 순간이었다.

그도 지미 헨드릭스를 추억하는 듯 살짝 물기 어린 목소리로 물었다.

－그보다 갑작스럽게 무슨 일로 전화를 한 겐가? 옛 추억에 잠기고 싶어서 전화를 한 건 아닐 테고. 사우스뱅크 센터의 협회장께서 나를 찾는 이유가 있는 겐가?

"믿기지 않는 이야기지만 지금부터 제가 하는 말은 100% 진실입니다."

─나는 조셉, 자네를 믿네. 가감 없이 내게 말해주게.

"조금 전 이곳에서 나는 사우스 코리아에서 온 촬영팀을 만났습니다. 그들은 코벤트 가든에서 버스킹을 하고 싶어했고 두 명에게 라이센스를 발급해 주길 원했습니다."

─버스킹이라…… 추억이 돋는군. 그래서 어떻게 되었나?

"개중 여성 가수는 사우스 코리아뿐만 아니라 전 세계적으로 꽤 유명한 케이팝스타더군요. 그래서 바로 라이센스를 발급해줬죠. 하지만 남자는……."

─본론만 간단하게 이야기해 주게.

"그 남자가 기타를 치면서 「Tears In Heaven」을 불렀는데 당신이 겹쳐 보였습니다. 처음에만 해도 제 눈에 뭔가 들어 갔는 줄 알았는데 그게 아니었더군요. 그래서 이렇게 연락을 드린 겁니다."

─「Tears In Heaven」이라…… 허허, 그 노래를 들은 자네 감상은 어떠했나?

"그 자리에서 바로 울어버렸습니다. 사우스 코리아에서 온 제작진들이 촬영 중인데도 불구하고요."

─하하, 이거 그 모습을 못 봐서 아쉽군. 조셉이 우는 광경이라니! 그래서, 내게 그 사실을 알려주는 이유가 뭔가? 조셉.

협회장 조셉은 그 말에 당황한 얼굴로 소리를 높였다.

"왜 제가 당신한테 이 사실을 알리겠습니까! 당신의 노래와 기타 주법을 똑같이 따라했단 말입니다. 물론 불완전한 부분이 없는 건 아니었지만 저는 진짜 당신을 보는 줄만 알았습니다!"

협회장 조셉, 그가 통화 중인 건 바로 에릭 클랩튼이었다.

사우스뱅크 센터의 협회장을 맡고 있는 조셉, 그는 에릭 클랩튼과 친분이 있었다.

그래서 망설이던 끝에 그에게 전화를 걸어서 오늘 자신이 겪은 일을 이야기한 것이었다. 그렇지 않으면 오늘 겪은 일 때문에 심장이 터져 버릴 것만 같았으니까.

—흥미가 돋는군. 오늘 코벤트 가든에서 버스킹을 할 거라고?

"예, 그렇습니다. 오늘은 코벤트 가든에서, 내일은 피카딜리 서커스에서 버스킹을 할 거라고 하더군요."

—흐음, 고맙네. 조셉. 다음번에 한번 보세나.

전화가 끊겼다. 조셉은 창밖을 바라봤다.

자신이 오늘 내린 결정이 옳았는지 틀렸는지는 중요치 않았다.

에릭 클랩튼의 향수를 불러일으키게 만든 그 사람을 에릭 클랩튼과 직접 만나게 해주고 싶었다. 그리고 에릭 클랩튼은 그 남자를 어떻게 평가할지 그에 관한 이야기를 듣고 싶었다.

어쩌면 그것이 세기의 만남이 되어줄 수 있기에, 그리고 자신이 그 만남을 주선한 사람으로 역사에 이름을 남길 수도 있기에 조셉은 에릭 클랩튼에게 직접 전화를 건 것이었다.

코벤트 가든(Covent Garden)은 원래 수도원(Covent)의 채소밭이 있던 자리였다. 그러다가 청과 시장으로 운영되던 이곳은 청과 시장이 교외로 옮겨가면서 펍과 상점들이 들어서기 시작했다.

그 이후 지금의 코벤트 가든이 탄생하게 됐다.

이곳은 크게 수제 양복과 액세서리를 판매하는 애플 마켓과 수공예품, 의류 등을 취급하는 주빌리 마켓 두 개로 나뉜다.

런던의 대표적인 관광지 중 한 곳인 코벤트 가든은 「내 어깨 위 고양이, 밥」의 촬영지로도 유명하다.

이 영화는 코벤트 가든에서 버스킹을 하는 실존 인물 제임스 보웬을 그린 영화로 그는 우연히 만난 고양이 밥과 버스킹을 함께 하면서 약물 중독을 이겨냈고 1주일에 2회 거리에서 버스킹 공연을 하며 노숙자와 동물복지 자선 단체를 돕게 된다.

한수와 지연은 코벤트 가든을 둘러봤다.

거리에서는 음악 소리가 들려오고 있었다.

흰색으로 동그라미 표시가 된 곳에 적게는 한 명에서 많게는 여러 명이 모여 버스킹을 하는 중이었다.

"일단 분위기를 살펴보는 게 우선이겠지?"

"좋아, 둘러보자."

두 사람은 어깨에 기타를 멘 채 버스킹 중인 사람들의 면면을 살폈다.

노래를 부르는 사람도, 악기를 치는 사람도, 그림을 그리는 사람도 있었다.

마술을 하는 사람도 있었고 혹은 허공에 붕 뜬 채 앉아 있는 사람도 있었다.

각양각색의 사람들이 있지만, 그들 얼굴에는 공통점이 있었다.

즐거워 보인다는 것이었다. 자신이 좋아하는 일을 하고 그것을 남들에게 보이며 그들은 행복을 누리고 있었다.

그렇게 코벤트 가든을 둘러볼 때였다. 사람들이 바글바글한 곳이 눈에 들어왔다.

그곳에는 덥수룩한 머리카락을 치렁치렁 기른 기타리스트가 고양이 한 마리를 앞에 앉혀둔 채 기타를 치고 있었다.

연주 실력이 훌륭한 건 아니었다. 그러나 고양이가 시선을 확 사로잡고 있었다. 유 피디가 놀란 얼굴로 말했다.

"제임스 보웬이네요. 설마 여전히 버스킹할 줄은 몰랐는데……."

"제임스 보웬?"

「내 어깨 위 고양이, 밥」의 실존 인물이에요. 베스트셀러 작가이기도 하고요. 진짜 신기한데요?"

"흐음, 그가 누구든 중요한 건 제 경쟁자라는 것이죠."

한수가 눈에 불을 켰다. 그는 전의를 불태우며 자리를 옮겼다. 그러다가 그들이 발견한 건 쉐이크쉑(Shakeshack)버거였다.

한국에도 지점이 생기고 있지만, 한수는 아직 한 번도 쉐이크쉑버거를 가본 적이 없었다.

그때 지연이 한수를 보며 말했다.

"오늘 점심은 저기서 먹자."

"그래, 버스킹 준비하자."

그리고 두 사람은 그들에게 배정된 곳으로 향했다. 코벤트 가든 중심에서 가까운 곳으로 지나다니는 사람들도 제법 많았다.

두 사람은 천천히 심호흡을 하며 마음의 준비를 끝냈다.

이제는 페스티벌을 시작할 차례였다.

CHAPTER
6

잭은 이곳 코벤트 가든에서 오랜 시간 머무르며 장사를 해왔다.

그는 주빌리 마켓에서 정장을 판매하고 있는데 그의 낙은 매번 이곳 코벤트 가든에서 공연을 하는 버스커들을 보는 일이다.

재작년에는 이곳 근처에서 버스킹을 하던 제임스 보웬의 이야기를 실화로 한 「내 어깨 위 고양이, 밥」촬영을 했고 실제로 「내 어깨 위 고양이, 밥」이 상영이 되며 많은 사랑을 받았다.

잭도 그 영화에 엑스트라이긴 하지만 실제 이곳 코벤트 가든에서 장사하는 가게 주인으로 슬쩍 얼굴을 비춘 적이 있었다.

그 덕분에 잭은 「내 어깨 위 고양이, 밥」에 출연한 걸 틈만 나면 친구들에게 떠벌리곤 했다.

그래 봤자 그 친구들 대부분도 코벤트 가든에서 일하고 있으며 「내 어깨 위 고양이, 밥」에서 잭처럼 얼굴을 비춘 건 아니지만 뒤통수나 길을 지나가는 행인으로 출연한 적은 있었다.

오늘도 잭은 코벤트 가든을 거닐며 버스킹 중인 다수의 버스커들을 훑어봤다.

느긋하게 일어나서 직장에 오다 보면 들리는 각양각색의 노래와 이 분위기를 사랑했다.

그러다가 새로 온 뉴페이스가 있으면 버스킹을 포기하지 않게 용기를 불어넣어 주곤 했다.

그렇게 잭이 직장 근처에 다다랐을 때였다.

그는 자신의 가게 근처에 자리를 잡고 공연을 준비 중인 뉴페이스를 볼 수 있었다.

뜻밖에도 새로 온 버스커는 동양인 커플이었다.

잭은 가게 문을 열 생각도 접어둔 채 조용히 두 사람이 하는 행동을 지켜보기 시작했다.

그들은 초짜 버스커인 듯했다. 그런데 몇몇 동양인들이 그 주변에 자리를 잡고 서 있었다.

그리고 그들이 손에 들고 있는 건 자그마한 카메라였다.

'촬영인 건가?'

그는 흥미로운 눈길로 동양인 커플을 바라봤다. 그때 기타를 꺼내든 두 사람이 튜닝을 하는가 싶더니 마이크를 들고 슬슬 노래를 부를 준비를 했다.

여전히 잭은 가게에 몸을 기댄 채 그들의 노래가 들리길 기다리고 있었다. 촬영한다는 건 그들이 제법 괜찮은 실력자라는 의미고 그들이 부르는 노래 역시 기대할 만했다.

천천히 심호흡을 내뱉으며 마음의 준비를 하던 두 사람이 기타를 치기 시작했다. 그리고 여성이 먼저 입술을 떼었다.

*Little do you know How I'm breaking while you fall asleep.*
**넌 조금이라도 알까? 네가 마음 편히 잘 때도 난 가슴이 무너진다는 걸.**

맑고 청아한 목소리에 지연 특유의 음색이 덧붙여졌다.

잭은 단번에 귀를 트이게 만드는 그 노래를 들으며 눈을 휘둥그레 떴다.

"오, 제법인데?"

그는 가게 문을 열어야 한다는 것조차 잊은 채 노래에 빠져들었다.

어떤 노래인지는 알지 못하지만, 그녀가 부르는 노래 가사에는 이별을 앞두고 있는 여자가 혹시라도 남자가 변할 수 있지 않을까 하는 생각에 한 줄기 희망에 기대어 기다리고 있는 심정을 담고 있었다.

그녀의 노래가 끝이 날 무렵 이번에는 남자가 노래를 시작했다.

*I'll wait, I'll wait I love you like you've never felt the pain.*
*기다릴게. 얼마든지 기다릴게. 네가 아픔을 느꼈던 것조차 모르게 사랑할게.*

잭은 탄성을 냈다. 남자의 목소리도 훌륭했다.

애절한 느낌을 담아 자신의 잘못을 생각하며 여자가 돌아오길 기다리겠다고 말하고 있었다.

그리고 두 사람이 함께 노래를 부르기 시작했다.

애절한 가사와 더불어 촉촉한 느낌이 감성을 담아 거리를 가득 메웠고 코벤트 가든을 지나가던 사람들이 하나둘 그들에게로 시선을 돌렸다.

그럴 때 열창하던 여성이 남자의 어깨에 머리를 기대면서 노래가 마무리되었다.

짝짝짝—

박수가 곳곳에서 나왔다. 잭도 환호성을 지르며 박수갈채를 보냈다.

정말 마음을 울리는 그런 무대였다. 그들은 곧장 두 번째 무대를 준비했다. 그러는 동안 잭은 가게 문을 열고 가게 안에서 의자 하나를 끄집어냈다.

그런 다음 가게 문을 걸어 잠근 뒤 그들의 무대 가까이에 의자를 놓고 앉았다. 하루 영업을 쉬어도 되겠다는 생각이 들 만큼 그들의 무대는 충분히 가치가 있었다.

노래를 끝낸 뒤 한수가 지연을 보며 물었다.

"갑자기 머리를 왜 기대?"

"이 노래는 실제 연인이 부른 거라고. 이 정도 퍼포먼스는 당연한 거 아니겠어?"

지연이 샐쭉거렸다.

길을 지나가다가 그들 앞에 서서 노래를 듣던 행인 몇 명이 앞에 놓인 기타 케이스에 1파운드짜리 동전을 넣었다. 그리고 다시 돌아와서 멈춰 섰다.

계속 노래를 불러달라는 무언의 시위에 한수가 헛기침을 하며 입을 열었다.

"Alex와 Sierra가 부른 「Little do you know」였습니다. 크

흠, 다들 기다리시는 거 같으니 바로 다음 곡으로 넘어가겠습니다."

그들 앞에 옹기종기 모인 사람의 수는 다 합쳐서 여섯.

그 밖에 바로 옆에 의자를 가져다 놓고 앉은 할아버지가 한 분 있었다.

청중의 수는 일곱 명. 그러나 한수는 그 숫자에 개의치 않았다. 숫자보다는 어떤 노래를 어떤 마음을 담아 부르느냐가 더 중요했다.

그리고 한수가 먼저 기타를 두드리기 시작했다. 이번에 두 사람이 부를 노래는 영화의 주제가였다.

영화의 주제가이지만 영화보다 더 유명세를 타며 1981년 빌보드 팝 싱글 차트에서 9주 동안 정상을 차지한 팝 역사상 가장 성공한 듀엣 러브송 가운데 하나다.

한수가 먼저 입술을 떼었다.

*My love, There's only you in my life.*
**내 사랑, 내 삶에는 오직 당신뿐이에요.**

그리고 지연이 뒤이어 노래를 불렀고 두 사람은 서로 화음을 맞춰가며 듀엣으로 노래를 완성시키기 시작했다.

두 사람의 청아한 음색이 서로 절묘하게 맞아떨어지며 하모니를 이뤄냈다. 노래를 들으며 사람들은 두 사람 뒤에서 수십 명이 넘는 교향악단이 함께 연주 중인 인상을 강하게 받았다.

실제로 교향악단이 연주한 것도 아니고 MR을 틀어놓은 것도 아니었다.

그런데도 그들이 그런 느낌을 받은 건 이 노래가 워낙 유명할뿐더러 두 사람이 노래 분위기를 완벽하게 살려낸 덕분이었다.

두 사람이 부른 노래는 Diana Ross와 Lionel Richie가 부른 「Endlees Love」였다.

명곡 중의 명곡으로 루더 밴드로스와 머라이어 캐리가 다시 듀엣으로 불러 히트를 친 적이 있었다. 하지만 이들이 부르는 노래도 그에 못지않게 뛰어났다.

그렇게 노래가 끝나갈 무렵 두 사람은 서로를 마주 보며 미소를 지었는데 잭은 왠지 모르게 동양인 여성이 남성한테 호감을 느끼고 있는 게 아닌가 하는 생각이 들었다.

'커플이니까 당연할 수 있지.'

그러나 어찌 된 게 커플이라기엔 두 사람의 행동이 커플 같지 못했다.

다만 여자가 짝사랑 중이라는 건 오랜 연륜으로 쌓은 눈썰미로 봤을 때 분명했다. 100% 확실했다.

두 사람은 두 곡을 부른 뒤 몇 마디를 주고받았다.

"어떻게 할까?"

"솔로로 몇 번 하는 건 어때?"

"각각 한 번씩 나눠서?"

"괜찮네."

지연이 곰곰이 고민하다가 한수를 보며 말했다.

"지금 기타 케이스에 든 돈이 다 합쳐서 13파운드니까 이거 빼놓고서 한 곡씩 공연하는 거야. 그리고 이때 더 많이 버는 사람이 이기는 거야. 어때?"

"또 그놈의 승부욕…… 언제까지 그럴 건데?"

"언제까지긴. 널 이길 때까지야!"

한수는 한숨을 살짝 내쉬었다. 그러나 지연의 승부욕을 이 길 수는 없을 것 같았다. 한편으로는 이렇게 젊은 나이에 그 녀가 어떻게 정상에 설 수 있었는지도 알 것 같았다.

결국, 합의를 본 뒤 지연이 먼저 마이크를 붙잡았다.

"미안해요, 친구하고 조금 싸웠거든요."

"응? 둘이 커플 아니었어요?"

"예? 커플이라뇨. 아직은…… 친구일 뿐이에요."

"다음 노래도 불러줘요! 당신들 노래 다 듣고 떠날 생각이 니까요."

젊은 영국 남성의 유쾌한 말에 지연이 웃으며 말했다.

"좋아요. 이번에 부를 노래는 아델의「헬로(Hello)」에요. 그럼 잘 들어주세요."

지연이 마이크를 내려놓고 기타를 매만질 때였다. 그들의 노래를 듣고 있던 청중들이 서로를 보며 수군거렸다.

"잠깐만. 지금 무슨 노래 부른다고 했지?"

"아델이라고?"

"진짜 아델 노래를 부르겠다고?"

영국의 런던 토트넘에서 태어난 아델은 21세기 최고의 소울 디바이자 세계적인 싱어송라이터다.

그런 아델의 노래를 동양인 소녀가 부르겠다고 하자 다들 놀랄 수밖에 없었다.

그들이 보기에 지연은 기껏 해봤자 십대 중반쯤 되어 보이는 어린 소녀였으니까.

*Hello, it's me.*
**안녕, 저예요.**

그러나 지연의 첫 음이 시작된 순간 그들은 어린 소녀가 전하는 그 울림에 매료되기 시작했다.

옆에 서서 기타를 치며 오케스트라풍으로 분위기를 엮어내던 한수도 눈을 감은 채 그녀가 부르는 노래에 집중하며 미소를 가득 머금었다.

그녀는 천재가 분명했다.

물론 뼈를 깎는 노력도 했을 테지만 그녀는 타고난 천재였다.

한수는 지연이 아델이 갖고 있는 그 어마어마한 소울을 제대로 표현할 수 없을 것이라고 생각했지만, 그녀의 목소리에는 그와 닮았으면서도 조금은 다른 소울이 묻어나고 있었다.

그것은 상처 입은 사람만이, 혹은 어딘가 결핍이 있는 사람만이 이끌어낼 수 있는 그런 감정이었다.

점점 더 사람들은 그녀가 부르는 노래에 빨려 들어갔고 개중 몇몇은 눈시울을 붉히기도 했다.

그렇게 지연이 노래를 부를 무렵 뒤늦게 황 피디가 현장에 도착했다.

그는 지연과 한수를 둘러싸고 있는 적잖은 인파를 보며 가볍게 탄성을 흘렸다.

두 사람이라면 낯선 외국에 와서 버스킹을 해도 충분한 파급력을 이끌어낼 수 있지 않을까 생각했다.

그랬기에 방송국에서 그들보다 경력이 많고 경험이 풍부한 가수들을 섭외했으면 하는 바람에도 일부러 이들 두 명만 섭외해서 이곳까지 날아온 것이었다.

자신의 예측은 틀리지 않았다.

지금 지연은 아델과 같진 않지만, 자신만의 감정을 담아 그것을 소울로 만들어내고 있었다.

노래를 들으면 들을수록 황 피디는 온몸에 닭살이 일어나는 것을 느꼈다.

단출한 무대에 서 있는 그녀가 오늘따라 더욱더 눈부시게 빛나 보이고 있었다.

혹자는 버스킹을 구걸이라고 생각할지도 모른다.

아마 「싱앤트립」이 방송을 타게 되면 몇몇 극성팬들은 어째서 지연에게, 한수에게 먼 외국에 나가 구걸을 시켰냐고 항의할 수도 있다.

그러나 황 피디는 그렇게 생각하지 않았다.

이건 구걸이 아니었다.

구걸은 밥이나 돈, 물건 따위를 거저 달라고 비는 것을 말한다. 그렇다 보니 동서고금을 막론하고 구걸은 부끄럽고 수치스러운 일이었다.

물론 아프고 병들어서 혹은 자신의 삶을 영위할 그 어떤 수단도 없어서 구걸하는 것이라면 인도적인 차원에서 그들을 도울 수는 있겠지만 지금 두 사람이 하는 버스킹은 구걸이 아니었다.

그들이 하는 건 문화적인 교류였다.

그 교류를 통해 그들은 음악을 부르고 음악을 들은 청중들은 그에 걸맞은 대가를 지불하는 것이었다.

낯선 동양인 두 명이 팝송을 부르고 있지만, 그들은 두 사람이 부르는 팝송에 감정을 공유하고 함께 노래를 따라 부르고 있었다.

황 피디가 원하던 그림이 바로 이런 그림이었다.

그리고 지연의 노래가 끝이 나자 격한 환호가 터져 나왔다. 사람들은 저마다 호주머니나 지갑에서 동전 또는 지폐를 꺼내 기타 케이스 안에 집어넣었다.

몇 분 안 되지만 그 시간 동안 자신의 마음을 풍요롭게 만들어준 지연에게 고마움을 표시하기 위해서였다.

그리고 한수가 전면에 나섰다.

동시에 사람들이 한수를 바라보며 또다른 기대감을 품기 시작했다.

전면에 나선 한수는 어떤 노래를 부를지 고민했다.

어젯밤 지연과 머리를 맞대고 고민한 음악은 정말 많았다. 그렇게 해서 만든 셋리스트가 수십 개를 넘어갈 정도였다.

그러나 이곳은 영국이었다.

영국인만큼 그에 맞는 노래를 부르고 싶었다.

그들과 소통하고 싶었으니까. 그래서 한수가 고른 노래는 조금 특별했다. 밴드 음악이었기 때문이다.

그런 만큼 원래대로라면 드럼이나 베이스도 필요하지만,

한수가 지금 가지고 있는 건 마이크와 기타, 두 개뿐이었다.

그러나 한수는 기타 하나로 연주를 시작했다.

약지 손가락과 새끼손가락을 3번 프랫에 1번과 2번 줄을 계속 잡고 있는 상태로 그는 계속해서 코드를 순서대로 쳐내려 갔다.

익숙한 배경음이 귀에 깔리기 시작하자 이곳 코벤트 가든에 모여 있는 사람들이 비명을 내질렀다.

"맙소사! 오아시스라니!"

"이건 말도 안 돼. 진짜 그 노래를 부르겠다고?"

그들이 경악한 건 그럴 만한 이유가 있었다.

한수가 고른 건 오아시스(Oasis)의 「원더월(Wonderwall)」이었다.

영국 교과서에도 실려 있다는, 브릿팝하면 떠오르는 대표 곡 중 하나.

그리고 한수가 자세를 바꿨다.

구부린 무릎, 한쪽으로 휜 몸, 등 뒤로 뒷짐 진 손, 아래를 바라보는 각도로 키보다 높게 세팅된 마이크를 향하여 길게 뺀 목까지.

그제야 한수가 목소리를 높여 노래를 부르기 시작했다.


*Today is gonna be the day they're gonna throw it back to you.*
**오늘이야말로 당신에게 그 말을 해줄 수 있을 거 같네요.**

귀에 익은 톤에 익숙한 기타 연주음, 그리고 눈에 익은 한수의 창법. 그들은 또 한 번 경악할 수밖에 없었다.

"이거 진짜야? 녹음해 둔 거 트는 거 아니지?"

"오 마이 갓!"

그들은 기겁하며 한수를 바라봤다.

지금 그가 부르는 노래의 목소리는 오아시스의 메인보컬 리암 갤러거를 닮아 있었다.

그뿐만이 아니었다.

지금 그의 목소리는 전성기 시절 리암 갤러거의 목소리를 그대로 빼닮아 있었다.

지금은 지나친 흡연과 목에 무리가 가는 창법 때문에 탁해졌지만, 한수가 부르고 있는 목소리는 1995년 「원더월 (Wonderwall)」이 수록된 2집 (What's The Story) Morning Glory가 발매됐을 때, 아니, 그보다 훨씬 더 고운 미성이었다.

"쉣!"

"이건 말도 안 된다고."

"그러나……."

경악하고 있는 건 그들만이 아니었다.

황 피디도 어처구니없는 얼굴로 한수를 바라보고 있었다. 그는 한수가 모창을 잘한다는 걸 알고 있었다.

실제로 그는 임태호나 윤환의 노래를 「숨은 가수 찾기」에 나와서 모창한 적도 있었다. 전혀 다른 창법을 가진 두 사람 노래를 말이다.

그러나 오아시스의 메인 보컬 리암 갤러거의 목소리마저 똑같이 따라 할지는 전혀 생각지도 못했다.

그렇게 1절이 끝나고 한수가 기타를 두드릴 때였다. 아까 전보다 훨씬 더 큰 박수갈채가 쏟아졌다. 동시에 사람들의 환호성이 뒤를 이었다.

한수가 멋쩍게 웃으며 2절을 시작할 때였다. 사람들이 그의 노래를 따라 부르기 시작했다. 그것을 보며 지연은 환한 미소를 지었다.

콘서트장에서나 볼 수 있는 떼창을 지금 여기서 보고 있었다. 그것도 외국인들이 그들이 부르는 오아시스의 노래를 함께 따라 부르고 있는 중이었다.

'진짜 믿어지지 않아. 이 사람은 도대체…… 뭘까?'

지연이 할 수 있는 의문은 그게 전부였다.

한수라는 존재가 덧없이 신비롭게 느껴졌다.

한편 이곳에서 시작된 떼창은 점점 더 코벤트 가든을 가득 메우기 시작했다.

「원더월(Wonderwall)」은 영국에서 노숙하는 거지들도 따라부를 줄 안다는 뜬소문이 있었는데 그게 진짜 사실인 모양이었다.

거리를 가득 메운 사람들이 다 함께 노래를 불렀고 그것이 이곳 코벤트 가든을 떨쳐 울렸다.

잭도 그중 한 사람이었다. 그 역시 있는 힘껏 목청을 높이고 있었다.

때아닌 떼창에 놀란 건 코벤트 가든에 막 들어온 사람들이었다. 개중에는 런던홀릭에서 투숙 중인 젊은 여대생 두 명도 있었다.

그녀들은 서로의 얼굴을 마주 보다가 인파를 헤치고 소리가 퍼져 나오는 그 중심을 향해 뛰어갔다.

그러는 사이 오아시스의 「원더월(Wonderwall)」이 끝이 났다. 한수는 살짝 붉어진 얼굴로 자신을 향해 박수갈채를 보내는 사람들을 향해 고개를 숙여 보였다.

기타 케이스에 지폐 뭉치가 쌓이기 시작했다.

지연은 또 졌다는 생각에 한숨을 푹 내쉬었다.

아무래도 귀국 전까지 자신이 이기는 일은 없을 것만 같았다. 그것도 잠시 두 사람은 이번에는 같이 노래를 불렀다.

그리고 두 사람은 신중하게 골랐던 셋리스트 중에서 조금은 잔잔하면서도 분위기를 부드럽고 달콤하게 만들어줄 노래를 골라냈다.

*Do you hear me, I'm talking to you.*

**내 말 들리나요, 당신한테 말하는 거예요.**

달달한 분위기의 노래에 제이슨 므라즈(Jason Mraz) 특유의 감성적인 노랫말과 한수의 기타 연주가 절묘하게 어울렸다.

그렇게 두 사람이 서로를 바라보며 부르는 노래에서는 꿀이 뚝뚝 떨어지는 것만 같았다.

그러다가 갑작스럽게 예고도 없이 지연이 기타를 내려놓았다.

그리고는 한수에게 가까이 다가간 다음 그가 치고 있던 기타를 손가락으로 짚었다.

한수는 지연을 바라보며 어색하게 웃었다.

휘이이익~

갑작스러운 두 사람 모습에 곳곳에서 휘파람 소리가 터져 나왔다. 황 피디도 예상치 못한 상황에 혀를 내둘렀다.

짐작은 하고 있었지만 이렇게 촬영 도중 대놓고 일을 저지를 줄은 생각지도 못한 일이었다. 그것도 잠시 노래가 끝이 나고 지연은 얼굴을 새빨갛게 물들이며 뒤로 주춤 물러났다.

"괜찮아?"

"미, 미안. 나도 모르게 노래에 푹 빠졌나 봐."

"괜찮아. 하하."

"나 잠깐만 쉬고 있을게. 괜찮지?"

"어, 내가 부르고 있을게."

한수가 고개를 끄덕였다.

지연이 슬쩍 뒤로 물러나서 제작진이 준비해 뒀던 간이의자에 앉았다. 그녀가 새빨개진 얼굴을 한 채 연신 손부채를 흔들었다.

아직 영국은 봄이 다가오기 전이어서 쌀쌀했다. 지연도 긴소매 옷을 입고 있었다. 그러나 유독 얼굴만 새빨개져서 열이 식질 않았다.

그렇게 손부채를 연신 휘두르던 지연이 한수를 빤히 쳐다봤다. 그는 기타를 다시 조율하더니 이번에는 대단한 묘기를 부르기 시작했다.

그들이 연주 중인 장소에는 제작진이 혹시 몰라 설치해 둔 키보드가 있었다.

그런데 한수가 그 키보드와 기타를 이용해서 묘한 울림을 만들어내기 시작한 것이다.


*The club isn't the best place to find a lover.*

**클럽은 연인을 찾기에 가장 좋은 곳은 아니야.**


한수가 선곡한 노래는 에드 시런(Ed Sheeran)의 「셰이프 오브 유(Shape of You)」였다.

원래대로라면 루프 스테이션(Loop Station)이 필요했지만, 한수는 임기응변으로 키보드와 기타를 쓴 것이었다.

그렇게 노래가 계속될수록 사람들이 흥겹게 몸을 흔들어대기 시작했다.

애초에 에드 시런의「셰이프 오브 유(Shape of You)」는 댄스홀(Dancehall)과 트로피컬 하우스(Tropical House)가 뒤섞인 팝으로 춤추기에도 좋은 노래였다.

실제로 그는 영국의 싱어송라이터로 현재 세계에서 가장 인기가 많은 싱어송라이터이기도 했다.

게다가 또 이번「셰이프 오브 유(Shape of You)」같은 경우 이 노래가 수록되어 있는 앨범「÷」는 영국에서만 첫날 판매량을 23만 장 기록했으며 주간 싱글차트 20위 안에 수록곡 16곡을 죄다 넣어버리는 등 에드 시런은 사실상 지금 영국의 국민 가수나 다름없었다.

그 덕분에 사람들 모두 이 노래에 맞춰 흥겹게 노래를 따라 부를 수가 있었다.

그와 더불어 코벤트 가든에서는 본의 아니게 미니 콘서트가 열려버리고 말았다.

실제로 다른 곳에서 버스킹 중이던 버스커들마저 이곳에 모여 함께 노래를 부르고 있을 정도니 그 정도면 이미 끝난 것이었다.

생각보다 더한 쇼킹한 무대를 보며 황 피디는 자신의 생각이 틀렸음을 깨달았다.

이들의 무대는 말로 설명할 수 없는 엄청난 에너지가 있었고 그것들로 사람들을 끌어모으고 있었다.

그것은 음악이라는 하나의 커다란 테두리 안에서 서로 연결되는 흐름이었다.

그랬기에 인종이 다르고 언어가 다른데도 불구하고 이렇게 서로 뭉쳐 함께 노래를 부를 수 있는 것이었다.

그리고 코벤트 가든 입구에서 여기까지 뛰어온, 런던홀릭에서 투숙 중인 두 명의 여대생은 지금 이 상황을 보며 자신도 모르게 격한 환호성을 내질렀다.

이미 이곳에 모인 사람들은 한수와 지연이 부르는 노래로 하나가 되어가고 있었다

사우스뱅크 센터의 협회장 조셉이 한 말은 대단히 흥미로운 이야기였다.

자신의 기타 주법과 노래를 그대로 따라 불렀다는 말은 솔직히 말해 믿기 힘들 정도였다.

수많은 카피가 있었지만 끝내 불완전한 모습을 보이기 일쑤였다.

또, 카피는 카피일 뿐 그 이상이 될 수 없었다.

그랬기에 호기심이 동하긴 했어도 코벤트 가든을 가볼 생각은 없었다.

그의 나이, 올해로 74살.

그러나 그가 마음을 돌리게 된 건 BBC를 보고 나서였다.

BBC에서는 축제 분위기로 뜨겁게 돌변한 코벤트 가든의 모습을 특종으로 다루고 있었다. 원래 코벤트 가든은 관광객들과 현지인들로 매번 북적거렸기 때문에 그럴 수도 있는 일이었다.

그러나 지금 여기 모인 사람들이 광란에 빠진 건 축제 때문이 아니었다.

음악. 음악 하나로 수많은 사람이 이곳에 모여 있었다.

그리고 BBC의 리포터가 현장에 있는 사람이 올린 유튜브 영상을 짧게 편집해서 뉴스로 내보냈다.

누군가 찍은 흐릿한 영상에는 대단히 젊어 보이는, 어떻게 보면 어려 보이기까지 한 동양인이 기타를 뜯으며 고운 미성으로 오아시스(Oasis)의 「원더월(Wonderwall)」을 부르고 있었다.

오아시스의 메인 보컬이었던 리암 갤러거 특유의 창법을 똑같이 소화하며 기타를 치는 그 모습에 사람들의 반응은 코벤트 가든에서 격앙했던 다른 사람들과 크게 다르지 않았다.

그렇게 오아시스 노래를 부르던 동양인은 장르를 바꿔서 이번에는 최근 가장 유명한 싱어송라이터 에드 시런의 「셰이프 오브 유(Shape of You)를 불렀다.

그러더니 또다시 장르를 바꾸더니 어쿠스틱 버전으로 넘어와서 연주를 시작했다.

그리고 그것을 본 에릭 클랩튼의 눈가에 이채가 어렸다.

지금 저 젊은 동양인이 연주 중인 것은 자신이 언플러그드(Unplugged)에서 연주한 「Layla」였다. 그리고 그 기타에 노래를 들으며 에릭 클랩튼은 자신도 모르게 자리에서 벌떡 일어섰다. 그리고 그는 코트를 챙겨 입었다.

그때 집사가 그에게 다가왔다.

"외출을 나가십니까?"

"코벤트 가든으로 가야겠네."

"예, 운전 기사에게 준비를 시키겠습니다."

"알았네."

참을 수 없었다.

직접 저 현장을 두 눈으로 봐야 했다.


한편 코벤트 가든에서 연주 중이던 한수는 슬슬 허기짐을 느꼈다. 이쯤에서 1부 공연은 마무리 짓고 점심을 먹어야 할 것 같았다.

지연도 조금 지친 기색이 역력했다. 그렇게 한수가 버스킹을 마무리 지으려 할 때였다.

누군가 불쑥 무대에 난입했다. 그리고 그가 한수를 위아래로 훑어보더니 욕설을 내뱉으며 소리쳤다.

"F***, 너 도대체 정체가 뭐야?"

한수는 어이없는 얼굴로 그를 뚫어지게 바라봤다. 그러나 그는 자신이 아는 그 사람이 분명 맞았다.

"당신이 왜 여기에……."

한수는 다시 한번 사내를 쳐다봤다. 하지만 자신이 아는 얼굴이 맞았다. 그는 지금은 해체한 오아시스의 메인 보컬이었던 리암 갤러거였다. 한수가 떨떠름한 목소리로 물었다.

"아니, 리암. 당신이 어떻게…… 어째서 여기에……."

"F***, 내가 왜 여기 있는지 묻는 거야? 왜겠어? 너 때문에 내가 맨체스터에서 전용기를 타고 여기까지 왔단 말이다."

"전용기요? 진짜예요?"

"뭐야? 완전 멍청하잖아. 나한테 전용기 따위 있을 리가 없잖아. 그보다 너 정체가 뭐야? 어떻게 내 목소리를, 내 창법을, 내 형의 기타 주법을 그렇게 흉내 낼 수 있는 거지? F***, 텔레비전을 보다가 내가 얼마나 놀란 줄 알아?"

"……텔레비전으로 당신들의 라이브 무대를 보고 배웠으니까 그렇죠."

"그게 보고 배운다고 할 수 있는 건 줄 알아? 어? 너 외계인이야?"

한수는 당혹스러울 수밖에 없었다. 방송 촬영 때문에 버스킹을 하러 왔는데 리암 갤러거가 여기 나타날 줄은 정말 꿈에도 생각지 못했기 때문이다.

그때 가만히 한수를 보던 리암 갤러거가 눈살을 찌푸리며 물었다.

"이건 뭐야? 웬 마이크? 너 무슨 촬영 중이야?"

"예. 음, 예능 프로그램 촬영 중인데…… 한국에서 온 프로그램이죠."

"코리아? 노스 코리아는 아니겠지? 그건 그렇고 다른 노래 할 줄 아는 거 없어? 우리 노래 말이야."

"……어, 잠시만요. 불러달라는 건가요?"

"그래. 한번 불러 봐. 직접 내 두 눈으로 보고 싶으니까."

리암 갤러거가 난입한 것 때문에 잠시 버스킹이 중단됐지만, 사람들은 전혀 반발하지 않고 있었다.

오히려 휴대폰을 들고 카메라로 리암 갤러거를 촬영 중이었다.

개중에는 동영상으로 아예 녹화하는 사람들도 있었다.

리암 갤러거는 연신 불만을 터뜨리며 근처에 등을 기댄 채 한수를 빤히 쳐다보기 시작했다.

한수는 어떻게 할까 고민하던 끝에 기타를 쳤다.

망설일 건 없었다. 상대가 누구든지 자신은 이곳에 버스킹을 하러 온 것이었다. 그리고 이렇게 많은 사람의 환호성을 들으면서 노래할 수 있다는 게 기뻤다.

한수가 오로지 생각 중인 건 그것뿐이었다. 그리고 한수가 기타를 치기 시작하자 리암 갤러거가 허리를 숙이며 보다 한수에게 귀를 가까이 가져갔다.

한수가 부르기 시작한 건 자신이 부른 노래가 아니었다.

자신의 형 노엘이 불렀던 노래였다.

귀에 익숙한 기타음, 그리고 추억에 남아 있는 아련한 그 목소리.

이제는 CD로만 들을 수 있을 거라고 생각했던 라이브 무대.

한수가 부르기 시작한 건 오아시스(Oasis)의 대표적인 명곡 가운데 하나 「Don't Look Back In Anger」였다.

*Slip inside the eye of your mind,*
**너의 마음 한가운데로 들어가 봐.**

한수가 노래를 부를 때마다 떼창이 이어졌다.

이곳에 모인 사람들 모두 한때 오아시스의 팬들이었던 사람들이다. 그들이 오아시스의 명곡을 잊고 있을 리가 없었다.

그렇게 이곳 코벤트 가든에서 때아닌 록페스티벌이 열렸다.

한수는 열정적으로 노래를 소화했고 때로는 부드러운 기타 연주를 선보이기도 했다.

드럼도 없고 베이스도 없었지만, 그들은 추억 속의 그 노래를 마음속에서 불러와서 듣고 있었다.

그랬기에 그건 아무 문제도 되질 않았다.

1996년 오아시스의 두 번째 앨범 (What's The Story) Morning Glory의 네 번째 싱글로 발매된 노래.

플래티넘 앨범으로, 리암 갤러거가 아닌 노엘 갤러거가 보컬을 맡은 곡이기도 했다.

그렇게 노래가 끝이 났을 때 리암 갤러거는 자신도 모르게 혼잣말로 중얼거렸다.

"F***. 이게 말이 돼? 말이 되냐고."

태어나서 처음 보는 사람이 형의 목소리를 완벽하게 소화해 냈다. 믿어지지 않는 일이었다.

기타는 조금 어색한 부분이 있었지만, 노래는 그야말로 그 때 그 시절의 형이 불렀다고 해도 과언이 아닐 정도였다.

그렇게 현실을 부정하던 리암 갤러거가 마른 웃음을 토해 냈다. 중요한 건 이게 아니었다.

이보다 중요한 건 그가 어떻게 형의 목소리를 똑같이 따라 내어 부를 수 있냐는 것이었다.

하지만 지금 그는 버스킹 중이었다. 그리고 리암 갤러거도 버스킹 중인 저 무대에 또다시 뛰어들기엔 부담이 적지 않았다.

여기 모인 수많은 사람이 지금 그의 노래를 즐기고 있었기 때문이다.

그런 탓에 리암 갤러거는 섣부르게 뛰어들지 못하고 한두 걸음 물러선 채 상황을 지켜볼 뿐이었다.

한편 한수는 노래를 끝낸 뒤 자신을 향해 양손을 번쩍 들어 올리고 있는 수많은 사람을 바라봤다.

뭐랄까. 충만한 감정이 온몸을 가득 채우는 것만 같았다.

그러나 한편으로는 너무 많이 몰린 관중 때문에 경찰들이 통제 중이었다.

실제로 한수 주변으로도 엄청 많은 관중이 몰려 있는 탓에 언제 사고가 일어날지 몰랐다. 황 피디가 한수를 쳐다보며 소리쳤다.

"한수 씨! 이쯤에서 1부는 마무리합시다."

"아, 알았어요. 잠시만요."

한수는 자신을 뚫어지게 바라보는 수많은 사람을 향해 아쉬운 인사를 건넸다.

"죄송합니다. 아쉽지만 오늘 오전 무대는 여기서 끝을 내야 할 것 같네요. 아직 제가 점심을 못 먹어서 허기가 잔뜩 진 상황이거든요. 다들 이해해 주실 수 있겠죠?"

"밥 먹고 합시다!"

"우리 가게로 와요! 내가 아주 근사한 코스 요리를 만들어 드리리다!"

"젊은 총각, 우리 가게로 오게! 이 근방에서는 절대 먹을 수 없는 우리 가게만의 스페셜 코스를 대접해 주겠네."

"혹시 정장 한 벌 필요 없나? 내가 특별히 자네를 위해 선물하고 싶네."

"아가씨, 액세서리 한 번 골라볼래요? 특별히 아가씨한테는 공짜로 줄게요."

갑자기 쏟아지는 각종 제안에 황 피디가 얼굴을 구겼다.

이건 무슨 버스킹해서 번 돈으로 레스토랑에서 요리를 사 먹게 하려 했는데 그건 개뿔, 너도나도 공짜로 해주겠다고 난리였다. 하지만 그들의 저 마음이 이해가 안 되는 건 아니었다.

충분히 납득이 갔다. 아마 그들은 한수가 부르는 노래로 더 많은 감동을 느꼈을 터였다. 그래서 그 진심을 자신이 갖고 있는 무언가로 표현하고 싶어 하는 것이었다.

한수가 손사래를 치며 그들의 호의를 거절했다.

물론 받아들여도 되지만 그랬다가는 왜 저쪽 가게는 갔는데 우리 가게는 안 오는 거냐, 라는 말을 듣게 될지도 몰랐다.

그래도 버스킹을 끝낸다는 말에 가득 찼던 청중들이 하나둘 자리를 떠나 흩어지기 시작했다.

소요가 줄어들며 안정이 찾아왔다. 스태프들이 키보드, 앰

프 그밖에 각종 촬영 장비 등을 챙길 때였다.

한수도 기타 케이스를 집어 들었다. 그런데 그 안에는 동전부터 지폐까지 수북이 많은 돈이 쌓여 있었다.

한수는 입을 다물지 못한 채 기타 케이스를 가득 채우고 있는 돈을 바라봐야 했다. 그건 지연도 마찬가지였다.

뒤늦게 그들에게 다가온 황 피디가 뭐라 말을 꺼내려다가 말문을 닫았다. 대충 어림잡아 봐도 자신이 이들에게 건넨 숙박비보다 더 많은 돈이 이 케이스 안에 담겨 있었다.

"하하, 이건 무슨……."

황 피디가 쓴웃음을 흘렸다.

믿기지 않는 일이었다. 첫날 첫 버스킹부터 이렇게 대박을 거둘 줄은 예상치 못했다.

황 피디가 그린 그림은 비가 오면서 버스킹은 쫄딱 망해 버리고 관중들은 거의 극소수밖에 없는 탓에 공연비도 10파운드 내외로 벌고, 그런 탓에 두 사람은 점심을 케밥 같은 걸로 때우는 그런 것이었다.

하지만 저 안에 수북이 쌓인 지폐 다발을 보건데 더 이상 버스킹을 하지 않아도 될 만큼 이미 그들은 부유해진 상황이었다.

"이건 이따가 숙소 가서 정산하자."

"그래. 그보다 어디로 갈 거야?"

"아까 쉐이크쉑 버거 먹고 싶다며? 거기로 가자."

"그럴까?"

그러나 황 피디를 외면한 채 한수는 지연과 함께 나란히 거리를 걷기 시작했다.

기타를 맨 채 두 사람이 한 폭의 그림을 그리며 쉐이크쉑 버거 가게로 향할 때였다.

그 아름다운 그림에 늑대가 난입했다. 그 늑대의 이름은 리암 갤러거였다.

"어이, 코리안 보이. 아직 내 이야기는 끝나지 않았다고."

"……갤러거 씨, 무슨 일인지 모르겠지만."

"노, 리암이라 불러도 돼. 그리고 잠깐 이야기하는 게 그렇게 힘들어?"

"아까 공연 도중에 말했지만 제가 지금 무척 허기진 상태라서요. 정 그러시면 같이 햄버거를 드시면서 이야기하시는 건 어떠신가요?"

"햄버거라고? 휴, 알았어. 어디로 간다고?"

"쉐이크쉑 버거요."

"휴, 알았어. 가자고."

"그보다 지금 이거 촬영 중인 거 아시죠?"

"그딴 건 상관없어."

결국, 한수와 지연은 단둘이 아니라 리암 갤러거도 함께 낀 채 쉐이크쉑 버거로 향했다. 이미 그곳에는 꽤 긴 줄이 늘어져 있었다. 대부분 한수의 버스킹을 보던 관중들이었다.

그러다가 점심도 먹지 못한 채 버스킹을 보고 있었다는 생각에 이곳으로 몰려든 것이었다. 한수와 지연, 리암 갤러거도 그 뒤에 줄을 섰다.

그들을 알아본 사람들이 카메라로 사진을 찍어댔다. 리암 갤러거가 툴툴거리며 말했다.

"굳이 이 햄버거를 먹어야겠어? 그냥 다른 데로 가는 건 어때?"

"갤러거 씨, 자꾸 그러실 거면 이따가 방송 끝나고 저를 찾아오시는 게 낫지 않을까요?"

"그랬다가 네가 흔적도 없이 사라지면? 그러면 어떻게 하라고? 나보고 설마 북한에 가서 널 찾으라는 건 아니겠지?"

"북한이 아니라 남한이고요. 그리고…… 휴, 알겠어요. 어차피 저흰 이곳에서 점심을 먹으려고 버스킹을 한 거라고요."

"뭐? 너희 한국에서는 유명한 아티스트 아니야? 그런데 고작 햄버거 하나 때문에 여기서 버스킹을 한 거라고?"

"예. 방송이 그런 내용이니까요. 점심을 먹기 위해서는 버스킹을 해서 돈을 벌어야 하거든요."

"F***, 정말 병신 같은 프로그램이군. 나라면 당장 때려치우고 그냥 버스킹에 집중했을 거야."

여전히 리암 갤러거의 목소리는 과격했다.

그때였다. 아까 전 한수가 부르는 노래를 유심히 듣고 있던 영국인 여자아이가 메모지와 볼펜을 가지고 한수에게 다가왔다.

"저 사인 좀 해주실 수 있나요?"

한수가 그녀를 바라봤다. 새하얀 피부에 커다란 눈, 그리고 또렷한 이목구비까지.

괜히 엘프라는 말이 나온 게 아니구나 싶을 정도로 예쁘장한 미모였다. 한수가 얼굴을 붉히며 사인을 해서 건넸다.

"고마워요. 그리고 아까 노래 정말 잘 들었어요."

수줍게 말하고는 자리를 뜨는 그녀를 지켜보던 지연이 슬쩍 한수의 발을 지그시 밟았다.

"으아, 야! 뭐 하는 짓이야?"

"뭐 하는 짓이긴. 너 스캔들 나는 거 막아준 거야."

"스캔들? 아니, 무슨 스캔들이 난다고……."

그때였다. 아까 그녀가 사인을 받아간 것 때문일까? 또 다른 여자애들이 하나둘 한수에게 사인을 받아가기 시작했다.

줄을 서고 있던 리암 갤러거가 부러운 눈빛으로 한수를 쳐다봤다.

"휴, 나도 젊었을 때 저랬는데…… 여자들이 줄을 서고 난리가 아니었지."

"됐거든요! 야! 다음 우리 차례야. 사인 좀 그만해 주고 오라고!"

지연이 뾰족한 목소리로 소리를 내질렀다.

결국, 한수는 사인을 끝까지 해준 뒤에야 주문할 수 있었다.

돈은 충분히 여유가 있었다. 아직 헤아려 보진 못했지만 정말 많은 돈이 기타 케이스 안에 들어 있었다.

그렇게 그들은 쉐이크쉑 버거와 감자튀김, 코카콜라를 받아들고 근처에 비어 있는 자리로 가서 앉았다.

여전히 사람들은 그들을 힐끗거리며 봤지만 다가오는 사람은 없었다.

미국이나 유럽 같은 곳은 파파라치가 아닌 이상은 연예인이라고 해도 그들의 프라이버시를 존중해 준다더니 실제로 그런 모양이었다.

그때 쉐이크쉑 버거를 먹으며 리암이 말을 꺼냈다.

"어떻게 해서 노엘, 그 자식의 노래를 따라 부를 수 있는 거지? 그리고 그 기타 주법은 어떻게 된 거야?"

"그게 그러니까……."

한수가 대답하려 할 때였다.

중절모를 쓰고 있는 한 신사가 그들에게 다가왔다. 그리고 한수를 내려다보던 그가 웃으며 말을 건넸다.

"실례지만 합석 좀 할 수 있겠나?"

지연이나 한수는 물론 패기 넘치던 리암 갤러거마저 자리에서 일어났다. 세계 3대 기타리스트 중 한 명으로 손꼽히는 세계적인 거장 에릭 클랩튼마저 그들을 찾아온 것이었다.

그 장면을 촬영 중이던 황 피디에게는 연일 시청률이 고공 행진하는 그림이 눈앞에 가득 펼쳐지고 있었다.

to be continued